Eine Reise nach Gorée

Auf den Spuren meiner Vorfahren

André Ekama

Eine Reise nach Gorée

Auf den Spuren meiner Vorfahren

André Ekama

INHALT

Vorwort

Ich dachte mir zunächst nichts dabei, als ich ein Einladungsschreiben bekam, wonach ich an einem Kongress in Senegal teilnehmen sollte.

Dass mein Werk auch in Übersee Aufmerksamkeit und Interesse weckte, war eine große Genugtuung für mich. Meine bisher veröffentlichten Bücher seien eine Art Brücke, so bezeichneten es eine Vielzahl der Leser und auch die Zeitungsartikel, die darüber berichtet hatten und die Themen analysierten. Auch wenn viele neugierig hinterfragen, woher ich die Zeit nehme, um so etwas zu schaffen, habe ich die passende Antwort parat: Genau wie der Sportler sich die Zeit nimmt, seinen Körper in Bewegung zu setzen, so finde auch ich die Zeit, meine Gedanken zu Papier zu bringen.

„Nur wer viel reist und herumkommt, hat viel zu erzählen und zu berichten", hatte einstmals meine Großmutter zu mir gesagt. Damals konnte ich das noch nicht so wirklich nachvollziehen. Durch die Reise zu meinem eigenen Ich nahm ich aber so manche Umgebung wahr und drückte einen Teil meiner Erfahrung und Erinnerungen aus, die ich in vielen Gesprächen mit anderen gesammelt hatte. Ich interessiere mich sehr für die „Kultur der Erinnerung". Dieses Erinnern gilt für mich im Hinblick auf das, was ich gefühlt und nach meinen Gesprächen mit Menschen aus Gorée festgehalten habe.

Vor der Abreise nach Senegal

Ich fühlte mich sehr geehrt, nach Dakar, der Hauptstadt Senegals, eingeladen worden zu sein, um dort über die Pflege afrikanischer Kultur in Deutschland zu referieren. Es war für mich wirklich toll, einmal in diese Kulturmetropole der afrikanischen Erzähler und Coraspieler zu gehen. Auch wollte ich das *Bureau du Livre* (Büro des Buches) kennen lernen. Ich suchte dessen Kontakt über das Internet und wählte die Telefonnummer auf dem Briefkopf an. Ich hörte am anderen Ende der Leitung eine schöne Stimme, die sagte: „Bureau du Livre, Monsieur, vous désirez?" Das bedeutet: Buchbüro, Sie wünschen, mein Herr?

Dass es ein Buchbüro dort gibt, das nicht mit einer Bibliothek zu verwechseln ist, zeigt schon, welchen Stellenwert Bücher dort haben.

Ich fragte nach Madame Ajisala, bekam aber als Antwort, dass sie gerade auf einer Dienstreise sei und erst in zwei Wochen zurückkäme.

Die Frau fragte dann, ob sie mir weiterhelfen könne. Ich antwortete, dass ich noch den Termin bestätigen wolle. Ja, gab sie zur Antwort, ich sei wohl der Schriftsteller, der auf Deutsch schreibe. Schön, sie alle freuen sich schon über den Besuch. Es werden viele Studenten der Uni Dakar und Professoren kommen, die sich austauschen möchten. Eine Begegnung mit anderen Autoren sei auch in Planung und ein Interview im Radio.

Nun wusste ich in etwa, was auf mich zukommen würde und konnte mich dementsprechend vorbereiten. Es war das erste Mal, dass ich den Senegal bereise. Senegalesische Freunde, die davon erfuhren, wollten mir Geschenke für ihre Familien mitgeben.

Ich bin gut mit Ibrahim befreundet, der seit gut 20 Jahren nicht mehr in seiner Heimat gewesen ist. Vielleicht waren es politische, finanzielle oder sonstige Umstände, die es soweit kommen ließen, oder er hatte keine Zeit, sich von seinem Job als Kellner zu trennen. Der Gaststättenbetreiber hatte seinen Mitarbeitern jedenfalls einige Einschränkungen zugemutet. Einmal kürzte er das Gehalt, doch niemand traute sich, seinem Ärger darüber Luft zu machen.

Obwohl Ibrahim eine Einstellung hat, die mir den Eindruck machte, dass er sich durchaus auf seine Rechte berufen könnte, denn er gilt in der afrikanischen Gemeinde als zielstrebig und hartnäckig, als jemand, der sich nicht so leicht unterkriegen lässt, trifft das scheinbar für seine Arbeit nicht so zu. Da scheint er eher zurückhaltend zu sein, warum auch immer. Die Chefs mögen solche Typen wie ihn, lachen ihn seine Freunde Bizeh und Galim öfter aus und fügen hinzu, wie sie an seiner Stelle reagieren würden. Sich auf eine Diskussion einzulassen mit dem Vorgesetzten, müsse ja nicht gleich zu einer Kündigung führen, wenn man klar und vernünftig argumentiere und die Ruhe bewahre. Ibrahim kommt oft in Situationen, wo er für sich keine Antwort findet. Er hoffte endlich auf eine Besserung, als er einen Vortrag in einem Museum halten sollte. Oft machte er Überstunden, um seiner Familie finanzielle Unterstützung geben zu können. Ich treffe ihn öfters in Geldtransferbüros an, wo er mir erzählt, dass er wieder ein paar Euro nach Hause schicke. So könnte sich seine Familie Dinge leisten. Die Leute sollen erkennen, dass er im Ausland sei.

Ich kann das nicht so ganz nachvollziehen. Da mischte sich ein anderer gemeinsamer Freund ein und meinte, dass er diese permanente Geste nicht mehr so unterstütze.

Eine Woche vor der Abreise nach Dakar hatte ich mir eine Erkältung eingefangen. Keine Seltenheit in dieser kalten Winterzeit. Ich stoppte die Einnahme meiner Hausmedizin und nahm die Tabletten ein, die mir mein Arzt verordnet hatte. Diese Tabletten hatten Nebenwirkungen. Oft hatte ich mit Übelkeit zu kämpfen, aber ich nahm sie weiter und wollte nicht, dass ich meine Reise wegen der Erkältung verschieben müsste. Ich träumte schon von Dakar, der Stadt der Erzähler und der literarischen Kultur. Viele von dort stammende Autoren hatten meine Jugend geprägt. Dass ich mich sehr früh für afrikanische Literatur interessierte, ist diesen Autoren zu verdanken. Ich wollte immer schon Erzähler werden, nicht um jeden Preis, aber mit meinem eigenen Stil. Ich hatte erfahren, wie die älteren Autoren sich in ihren Muttersprachen in einer einfachen, klaren Art und Weise ausdrückten. Durch Metaphern bereicherten sie ihre Ausdrucksweise. So fand ich auch zu meinem eigenen Stil.

Kurz vor dem Abflug ging es mir endlich besser. Ich rief einen Freund an. Er freute sich auf meinen Besuch.

Am Flughafen in Frankfurt

Ich fuhr mit der Bahn zum Flughafen Frankfurt am Main. Das dauerte nur etwa eine halbe Stunde. So hatte ich noch genügend Zeit zum Einchecken. Ich saß in einem Bistro und unterhielt mich mit anderen Fluggästen. Claude, ein junger Matrose aus Marseille, fragte mich auf Französisch, ob ich auch nach Dakar fliegen würde. Er hatte vor, dort seinen Urlaub zu verbringen. Wir tranken unsere Biere und marschierten zum Warteraum. Der Abflug war pünktlich für 15:00 Uhr vorgesehen und die Maschine war schon aufgetankt und abflugbereit. Es herrschte insgesamt eine behagliche Atmosphäre ohne Hektik im Warteraum. Es war auch eine bekannte Fußballmannschaft dabei, die ein Auslandsspiel bestritten und souverän gewonnen hatte. Daher waren die Spieler so euphorisch und recht laut. Jeder beschrieb seine beste Spielszene. Diejenigen Fluggäste, die den einen oder anderen Spieler erkannten, bekamen Autogramme und ließen sich mit ihnen fotografieren. Neben mir stand ihr Trainer. Ich ging auf ihn zu und fragte ihn, wie er diese Mannschaft so erfolgreich trainieren konnte. Er erwiderte, dass der Erfolg nicht von ihm alleine abhänge, sondern in hohem Maße auch von der Moral und der Motivation der Spieler. Ich wollte wissen, ob er auch zu einem anderen Verein wechseln würde, worauf er mich mit strahlenden Augen anschaute und erwiderte, ob ich denn entsprechende Angebote in der Tasche hätte.

Ich verneinte dies und meinte nur, dass ich mich nur dafür interessiere. Er fuhr fort, dass Fußball von jeher immer etwas Besonderes für ihn gewesen sei. Als erfolgreicher Trainer war man immer ein Magnet für alle, bei Erfolglosigkeit stand man jedoch schnell am Abgrund. So sei nun mal der Job, ein knallhartes Geschäft, das Nerven erfordert. Er habe in seiner Laufbahn viele Höhen und Tiefen erlebt, fügte er hinzu. Inzwischen wurde der Flug aufgerufen und wir bestiegen die Maschine.

Ankunft in Dakar

Als ich in Dakar eintraf, dauerten die Kontrollen im Flughafen eine ganze Weile an. Die Warteschlange bei den internationalen Einreisenden war weitaus größer als bei den Einheimischen. Ich sah die Gesichter derer, die in der Reihe mit mir standen. Ich dachte mir, dass sie gebürtige Senegalesen waren. Viele von ihnen sind Einwanderer und hatten eine neue Staatsangehörigkeit angenommen. Diese Szene beschäftigte mich eine Weile, aber ich sagte mir, dass dieses Land dennoch von seiner Diaspora profitierte. Es lag an der Politik, ein gutes Terrain zu schaffen, das es den Menschen ermöglichte, Anreize für Investitionen zu bekommen. Schließlich stand ich vor einem Grenzpolizisten. Er schaute meinen Pass an, als wollte er etwas daran bemängeln. Für ihn war es wohl reine Neugier, dass ich in Senegal als Tourist einreiste. Er sprach mich auf Wolof an, als sei ich ein Einheimischer. Ich schüttelte nur meinen Kopf, worauf er leise auf Französisch sagte, dass mein Name so einheimisch wirke und dass er mich daher auf Wolof ansprach. Also dachte ich mir, dass auch afrikanische Namen in verschiedene Gebiete zerstreut worden sein mussten, denn auch dort gab und gibt es Migration. Er wünschte mir noch einen angenehmen Aufenthalt in Senegal. Ich lief dann zum Gepäckförderband und wartete auf mein Gepäck. Diesmal hatte ich gerade einmal 15 Kilo dabei, recht wenig für eine Reise nach Afrika. Aber ich war ja auch nicht in meinem Heimatland. Anders war es, wenn ich nach Hause reiste, wo die ganze Verwandtschaft lebt. Da konnte das Gepäck weitaus größer ausfallen, da jeder ein Geschenk erwartete. Ich konnte daher die Last bei den einheimischen Einreisenden sehen. Sie hatten viel mehr Gepäck und würden bestimmt auch mit den Zöllnern Schwierigkeiten bekommen. Dagegen schien mein Gepäck eher wie Handgepäck zu sein im Vergleich zu den Einheimischen. Auch im Flugzeug drückte die Stewardess beide Augen zu und empfahl, das Handgepäck unter den Sitzen zu verstauen, wenn es nicht oben in die Sturäume passte. Der Mann, der neben mir saß, hatte großes Handgepäck, schätzungsweise 20 Kilo. Es passte zwar unter den Sitz, aber er meinte, er habe noch mehr Gepäck. Die ganze Familie erwartete Geschenke. Ich schmunzelte und dachte an meine Einreisen nach Kamerun.

Der Zöllner fragte mich, ob ich etwas an Waren anzumelden habe, was ich verneinte. Er fragte auch, wie viel ich an Devisen dabei habe. Sollte ich ihm wirklich alles genau angeben? Was würde passieren, wenn ich eine falsche Angabe machte und bei der Kontrolle mehr gefunden würde? Solche Fragen gingen mir in dem Moment durch den Kopf.

In Dakar war ich in der Nähe des Flughafens untergebracht. Die Fahrt ins Hotel verzögerte sich, da der Fahrer mich an einem anderen Eingang suchte. Ich hatte die hintere Tür genommen und landete auf einem Hof mit vielen Kisten. Es waren vermutlich Datteln, die für den Export bestimmt waren.

Plötzlich tauchte ein Mann auf, schaute mich etwas ungläubig an und fragte, ob ich Lasandre sei. Ich antwortete: Nein, wieso?"

Man erwarte Lasandre seit einer Stunde schon, dass er seine Kisten abhole. Sie seien langsam etwas in Panik, da sie nach Japan verschickt werden sollen. Dort warte eine Firma schon darauf, um bestimmte Aromen daraus herzustellen.

Ich hörte ihm zu und fragte ihn dann, ob er mir den Zeltplatz zeigen könne, denn da solle mich jemand abholen. Ich müsse aus dem Hof raus, den Flur entlang laufen, dann in die Halle hinein und mich rechts halten, erklärte er mir. Draußen sah ich jemanden stehen, er fragte mich, ob ich der Gast vom ECAW sei, was ich bestätigte. Er half mir dann, mein Gepäck ins Auto zu laden und brachte mich ins Hotel. Die Fahrt dauerte etwa 10 Minuten. Ich bewunderte die breiten Straßen, durch die wir fuhren. Es gab schöne Villen dort zu sehen. Wir fuhren wohl gerade durch eine noble Wohngegend. Ich war überrascht, wie sehr sich Dakar entwickelt hatte. Xavier, der Fahrer, sagte mir, dass wir morgen in die Banlieu fahren würden, dort herrsche der krasse Gegensatz von Reichtum. Er könne auch Familien mit mir besuchen. Sein Angebot nahm ich gern an. Als er mich am Hotel absetzte, bedankte ich mich und gab ihm einen 10 Euroschein in die Hand. Er wollte ihn zuerst nicht annehmen, da er vielleicht zu bescheiden war oder es einfach zu viel für ihn erschien. Ich wollte ihm meinen Dank ausdrücken und mir schließlich nicht den Kopf darüber zerbrechen. Ich fragte ihn, was er so durchschnittlich verdiene. Er erwiderte, das hänge davon ab, wo er eingesetzt würde. Die Fahrer von Minitaxis würden sehr gut verdienen. In der Regel bekämen diese Fahrer von ihren Chefs lukrative Aufträge. Das seien Fahrten von Ministern innerhalb des Stadtgebiets. Dafür erhalten die Fahrer Gratifikationen, die ihnen gesetzlich zustehen. Manche von ihnen wohnen sogar im Haus eines Ministers. Die Auswahl sei schwierig, denn es wurden gern Familienangehörige dafür herangezogen. Ich wollte gern das Thema wechseln, aber er redete noch weiter. Ich war höflich und ließ ihn daher gewähren.

Ich blieb den Abend über im Hotel auf meinem Zimmer. Es gab einen Fernseher, aber kein gutes Programm zu empfangen. Noch nicht mal ein Unterhaltungsprogramm gab es. Also legte ich mich hin, um zu schlafen. Plötzlich klingelte mein Handy. Ich drückte versehentlich die falsche Taste und das Gespräch war weg. Ein paar Minuten später klingelte das Handy erneut. Diesmal drückte ich richtig und fragte, wer in der Leitung sei. Eine weibliche Stimme sagte, dass sie die Anda von der Rezeption sei und ob ich morgen zum Abendessen käme. Diese Einladung klang verlockend. Ich dankte ihr und gab ihr zu verstehen, dass ich mal schauen müsse, wie meine Termine lägen. Anscheinend war meine Antwort nicht deutlich genug, denn sie meinte, ob ich etwas Besonderes essen wolle. Sie werde sich nach mir richten. Ich sei ein netter, gebildeter Hotelgast. Ich war geschmeichelt von so viel Sympathie, die man mir hier entgegenbrachte. Ich fragte mich allerdings, ob dahinter nicht eher taktische Gründe steckten, denn etwas suspekt kam es mir schon vor. Nichts sei umsonst, meinte mal ein Cousin von mir, der immer und überall skeptisch seine Umgebung prüfte mit einer gehörigen Portion Misstrauen. Ich war da anders und vielleicht etwas blauäugig und naiv.

Am nächsten Tag hatte ich einen Besuch in einer Schule im Vorort Khulare geplant. Der Fahrer kam wie vereinbart und brachte mich dort hin. Es dauerte länger, da wir einen Stau hatten. Ich kam eine halbe Stunde zu spät und entschuldigte mich bei den Lehrern dafür, aber das schien ihnen nichts auszumachen. Hauptsache, ich sei da und man könne sich austauschen, meinte er. Man lebe hier nicht so streng nach der Uhr wie in Europa und nehme es nicht so genau mit der Pünktlichkeit. Der Aufenthalt in Dakar hatte mir viele Eindrücke und Bekanntschaften beschert. Auf der Straße Le Grand Duclos traf ich eine Tante. Sie kam zu einer Geschäftskonferenz. Ich hatte sie fast 15 Jahre nicht mehr gesehen. Sie hatte sich nach all den Jahren kaum verändert. Sie schaute mich an und rief: „Was, hier in einem fremden Land begegne ich dir, mein Lieber? Du bist doch auch nur als Tourist hier."

Wir beide wussten nicht, wie wir das unverhoffte Wiedersehen feiern sollten. Wir lachten zusammen und merkten, wie gut wir uns verstanden, so wie früher auch schon. Sie dankte Gott für das Treffen und schenkte mir eine schöne Kette, die sie eigentlich schon für jemand anders gekauft hatte. Aber jetzt nach dem unerwarteten Treffen wollte sie mir damit eine Freude machen, was ihr auch gelang. In meiner Tasche fand ich ein letztes Exemplar meines neu erschienenen Buchs „Schwarzer sein im weißen Himmel". Ich hatte vor, es einem Freund zu schenken, aber zum Glück hatte ich noch keine Widmung für ihn hineingeschrieben. So konnte ich meiner Tante eine für sie passende Widmung hineinschreiben. Sie freute sich sehr darüber, umarmte mich voller Glück und wünschte mir noch alles Gute für die Zukunft.

Essen bei einer liebevollen Familie

In der Nacht hatte Makala eine neue Gewürzmischung zubereitet. Sie bereitete gern alles vor, soweit es möglich war, damit die Gäste dann schneller bedient werden konnten, wenn sie bestellt hatten. Der Duft, der aus der Küche strömte, war einfach herrlich und verriet eine tolle Gewürzkomposition, die sie natürlich geheim hielt. Diese Fähigkeit, mit Kreativität traditionelle Küche mit modernen Elementen zu kombinieren, brachte ihr viel Lob und Anerkennung über die Region hinaus ein. Das bestätigte auch Tijante, einer ihrer Stammgäste. Er war etwa zwei Meter groß und trug Kleidung in XXXL-Größe. Er war in der Lage, 30 Maniokklöße zu verdrücken, wenn er hungrig war. Er aß so viel wie sonst nur 3 oder 4 Leute. Er scherzte, wenn er das Restaurant betrat und man ihn ermahnte, er solle nicht den ganzen Topf bestellen. Ihm traute man zu, die ganze Menukarte auf einmal durchzuprobieren. Als die Bedienung ihn fragte, was er bestellen wolle, sagte er zu ihr, sie solle ihm von allem etwas bringen, was auf der Karte stünde. Es störe ihn nicht, wenn die Speisen auf verschiedenen Tellern serviert würden, er habe viel Zeit mitgebracht, um alles zu verkosten. Über den Preis solle man am Schluss reden. Kaum wurden die ersten Teller serviert, hob er die Hand zur Aufforderung, dass man ihm noch weitere bringen möge. Die Bedienung nahm das Ganze mit Gelassenheit und Humor. Am besten würde sie nach jedem Teller, den sie abräumte, gleich kassieren. Damit sollte er ihr ständig seine Zufriedenheit bekunden, indem er ihr einen Geldschein in die Hand drückte. Diese Geste erfreut natürlich jede Bedienung. Tijante war eher ein geiziger Mensch, der nur in puncto essen nicht geizig war und stets darauf bedacht war, seinen Magen gefüllt zu haben. Er blieb davon unbeeindruckt, wenn man ihn beim Essen erwischte. Seine häufigste Kritik war, dass die Portion zu klein gewesen sei. In dem kleinen Städtchen, wo er wohnte, kannte man seine Gewohnheit und wollte ihm ins Gewissen reden. Agozep war ein guter Freund von Tijane. Er besuchte die Schule der Missionare in Beltsem. Die Geistlichen dort vermittelten den Jugendlichen den Wert des Teilens mit anderen und erzogen die Kinder nach moralischen Grundsätzen. Ob sie es dann in ihrem weiteren Leben auch nutzen würden, blieb abzuwarten. Man kann jedoch davon ausgehen, dass die Kindheit einen Menschen prägt. Die Missionsarbeit hatte noch nicht so viele Familien erreicht und die Bildung war nicht überallhin durchgedrungen. Es mag auch an fehlender Infrastruktur gelegen haben, wo der Staat einfach noch viel nachzuholen hatte.

Auf den Spuren meiner Vorfahren

Schon immer hegte ich den Wunsch, einmal auf die Insel Gorée zu reisen. Diese Insel hat eine lange Geschichte, die zum Schicksal von Millionen Menschen wurde. Dies wurde oft in der Vergangenheit verschwiegen. Dass die jüngere Generation andere Interessen verfolgte, war auch wichtig und aus meiner Sicht verständlich. Das Leben ging weiter, auch wenn die Erinnerung an vergangene Geschehnisse durch einige errichtete Denkmäler wach gehalten wurde. Ich fühlte mich irgendwie verpflichtet, den Ort, wo meine Vorfahren gelebt hatten, zu besuchen. Ihr Leid hatte Spuren hinterlassen und vielleicht bedurfte es einer Schweigeminute, um allen Betroffenen meine Ehrerbietung zu erweisen. Ich dachte an diesen Ort, der einst der Anfang unsäglichen Leids für viele Menschen bedeutete und mein Blick schweifte gedanklich über das Meer in Richtung Amerika. Es war zugleich auch der Abschied dieser Menschen von ihrer afrikanischen Heimat und eine lange, beschwerliche Reise mit dem Schiff in eine ungewisse Zukunft. Dort angekommen, bekamen meine Vorfahren eine neue Identität und neue Namen. All dies beschäftigt mich und erschwert die Rückverfolgung meiner Herkunft, da ich den kompletten Stammbaum über Generationen hinweg abbilden möchte. Meine Kinder sollen schließlich auch über ihre Wurzeln informiert werden, über eine längst vergangene Zeit. Aber hier in der Gegenwart erinnerten mich stumme Zeugen daran und ließen in mir ein Gefühl entstehen, als sei diese schlimme Zeit noch immer präsent. Vielleicht steigerte ich mich da auch in etwas hinein vor lauter Mitgefühl. Für mich bedeutete die Reise nach Gorée auch die Versöhnung mit meinen Vorfahren: Es schien mir ein Versuch Wert zu sein, von deren Leben ein Stück Weisheit und Erkenntnis mir in die Zukunft zu nehmen.

Ich frühstückte in Ruhe im Hotel Fabrelon. Danach fragte ich die Dame an der Rezeption, wie ich nach Gorée kommen könnte. Sie antwortete: „Sehr gut, dass Sie sich die Zeit dafür nehmen wollen. Sie werden es nicht bereuen, weil es wirklich hochinteressant sein wird. Jeder sollte sich einmal damit auseinander setzen, was unsere Vorfahren erleiden mussten. Es war ein zu hoher Preis für all diese armen, geschundenen Menschen. Mehr will ich Ihnen nicht verraten, bevor Sie sich nicht selbst einen Eindruck verschaffen können."

In dem Augenblick dachte ich, vor jemandem zu stehen, der scheinbar alles erlebt hatte, was damals geschah. So authentisch kam es rüber. Ich merkte, wie sehr sie sich mit der Thematik auskannte, so, als sei sie Historikerin. Sie erzählt mir, dass sie die Schule nur bis zur 10. Klasse besucht habe. Da zogen ihre Eltern es vor, sie mit einem Stoffhändler zu verheiraten. Sie sei gerade mal 14 Jahre alt gewesen und sah keine Chance, sich gegen den Willen der Familie aufzulehnen. Aber sie habe sich ähnlich gefühlt wie die Sklaven von einst, das könne ich ihr glauben. Sie sei gegen ihren Willen mit einem fremden Mann verheiratet worden, nur aus Profitgier, und er habe sie schikaniert und über ihr

Leben verfügt. Von Liebe keine Spur. Sie konnte ihm bestimmt nichts zurückzahlen oder zurückgeben, was er ihrer Familie alles an Geschenken für sie gemacht hatte, ergänzte sie. Ihr Schicksal sei dann zwischen ihren Eltern und diesem Mann besiegelt worden. Ich war von diesem Schicksal tief berührt. Ich wollte sie nicht unterbrechen, damit sie sich alles von der Seele reden konnte. Es schien ihr ein Bedürfnis zu sein. Es schien so, als sei ich der erste Mensch, dem sie all diese persönlichen Dinge anvertraute. Es freute mich, denn ich war ein Fremder für sie und kam dazu noch aus einem anderen Land. Sie hatte mich nicht gefragt, ob es in meinem Land auch üblich sei, Frauen gegen ihren Willen zu verheiraten. Sie hatte in mir einen zuverlässigen, geduldigen Zuhörer. Unser Gespräch dauerte noch an, als ich auf meine Uhr blickte und feststellte, dass schon eine halbe Stunde vergangen war. Ich war zwar gewissermaßen als Tourist gekommen, wollte dennoch meine Planung für den Tag nicht durcheinander bringen.

Ich fuhr dann mit dem Taxi zum Bootshof. Die Fahrt dauerte ungefähr zwanzig Minuten. Es gab einen Stau, der durch eine Radtour verursacht wurde, die an diesem Tag stattfand. Der Fahrer versuchte dann immer wieder, auf Nebenstraßen auszuweichen. Er hatte eine schöne Musik im Auto laufen, ich hörte andächtig zu, denn ich interessiere mich schon für die senegalesische Kultur und Tradition. Der Fahrer freute sich darüber und gab mir Tipps für Sehenswürdigkeiten. Ich solle alte Leute ansprechen, die wissen viel und so werde ich leicht an Informationen kommen. Ich blickte auch auf die Geschichte des Landes zurück, was ich in Büchern darüber alles gelesen hatte. Ich berichtete auch über die während der beiden Weltkriege rekrutierten Soldaten aus Senegal sowie über den ersten Staatspräsidenten Senghor, der zugleich auch Dichter war. Ein Vorbild in literarischer Hinsicht. Er schrieb viel und war Vater der *Négritude*. Dieses Land brachte einige Persönlichkeiten hervor, die der literarischen Qualität Afrikas weltweit Anerkennung verschafften. Da erinnerte ich mich an einige Autoren, die ich als Jugendlicher als Pflichtlektüre hatte. Da war zum Beispiel Camara Laye und sein berühmtes Buch „L'enfant noir et blond", was soviel bedeutet wie „Das schwarze und blonde Kind" oder Sembene Ousmane und sein Buch „Das Mandat" sowie viele andere. Ich fragte den Taxifahrer, ob man Denkmäler für einige dieser berühmten Senegalesen errichtet und Einrichtungen nach ihnen benannt habe. Er schaute mich über den Rückspiegel an und lachte. Er erwiderte nur, dass man das vergessen könne. Die Denkmäler seien hier vorwiegend für die französischen Befreier aus der Kolonialzeit errichtet worden. An diese Zeit wird man oft in Senegal erinnert, denn die Straßen tragen häufig Namen von französischen Persönlichkeiten. Manchmal frage ich mich, ob wir unsere Verdienste nicht schätzen. Sind in Europa umgekehrt auch Straßen nach afrikanischen Persönlichkeiten benannt? Nein, so gut wie nie! Bevor man ein neues Krankenhaus oder eine Schule mit irgendeinem Fremdnamen tauft, sollte man zuerst in Geschichtsbüchern nachschlagen und dort Namen von einheimischen Leuten finden, die etwas im Land bewirkt haben. Was werden wohl die nachfolgenden Generationen denken? Wir sind eine

Generation von Verlorenen. Es gibt hier zu viele Jugendliche ohne Arbeit, obwohl sie einen guten Schulabschluss vorweisen können. Der Staat sollte sich um seine Pflicht kümmern und um die Belange seiner Mitbürger. Ich merkte an den Reaktionen des Fahrers wirklich, dass es hier große Probleme in der Gesellschaft geben musste. Die Hoffnung, dass die Dinge sich jemals zum Besseren wenden würden, hatte er schon längst aufgegeben. Die jungen Leute wollen meist das Land verlassen und in Europa ihr Glück versuchen. Vieles davon hörte ich zuvor auch in anderen Ländern, die ich bereist hatte. Ich fragte ihn, ob Afrika den Menschen durch seine Bodenschätze ein besseres Leben verschaffen könnte. Wie wäre es, wenn es keine Bodenschätze dort gäbe? In einigen Ländern Europas gab es noch nie viele Bodenschätze und dennoch sei der Lebensstandard weitaus höher als in Afrika, erwiderte ich. Der Fahrer wischte seine Stirn und meinte, es stimme schon, aber die Bodenschätze würden zu billigen Preisen verkauft werden, stattdessen würden die Menschen oft ausgebeutet werden und einige wenige würden sich bei diesem Geschäft bereichern. Man schaue sich nur einmal die prächtigen Villen in einigen vornehmen Vierteln Dakars an. Richtige kleine Paläste sind es. Sie gehörten bestimmt irgendwelchen Funktionären. Ich konnte es nur schwer beurteilen, denn mir waren die Einkommen der Menschen in Senegal nicht bekannt. Ich wusste nicht, wie ich das erklären sollte.

An der Bootsanlegestelle

Endlich erreichten wir die Bootsanlegestelle. Ich bezahlte dem Taxifahrer für die Fahrt 3000 Francs. Er bedankte sich auch für die nette Unterhaltung während der Fahrt und wünschte mir eine angenehme Überfahrt zur Insel Gorée – die Insel unserer Geschichte. Der Ort, wo einst die Sklaven zusammengetrieben und auf Schiffen vor allem nach Amerika gebracht wurden. Es war der Ort, wo die Menschenwürde über Jahrhunderte hinweg mit Füßen getreten wurde. Sklave zu sein, hieß doch, seiner Menschenwürde beraubt zu sein und den weißen „Herrenmenschen" unterworfen zu sein – ohne jegliche Rechte, genau wie ein Stück Vieh. Ich werde auf Gorée umherlaufen, um mir diese stummen Zeugen der schlimmen Vergangenheit mit eigenen Augen anzusehen und das Schicksal für mich greifbar zu machen.

Im Warteraum der Bootsanlegestelle

Ich saß im Warteraum der Bootsanlegestelle. Dort waren noch viele andere Passagiere, die auf die Überfahrt warteten. Durch die Fenster sah man das tiefblaue Meer und die starke Mittagssonne, die unbarmherzig schien. Langsam wurde es unerträglich heiß in diesem unklimatisierten Raum. Jeder hatte ein Taschentuch und wischte sich den Schweiß vom Gesicht. Andere fächelten sich mit einer Broschüre Luft zu. Ich hatte das Glück, dass ich relativ leicht angezogen war. Es war zwar kühl am Morgen, aber tagsüber änderte sich die Temperatur in Dakar rasant, sodass sie dann am Nachmittag Spitzenwerte um die 40 Grad erreichen konnte. Eine junge Frau kontrollierte die Tickets. Als sie einen Blick auf die Reihe warf, in der ich saß, bat sie mich, in den VIP-Warteraum zu gehen. Dieser Raum war voll klimatisiert und es kam mir vor, als käme ich in einen Eiskeller. Es war dennoch erfrischend, sich hier aufzuhalten, auch wenn der Unterschied zu draußen für meinen Geschmack zu krass war. Ich setzte mich in einen Sessel und fröstelte leicht vor mich hin. Die Dame kam und bot mir ein kaltes Getränk an. Ich lehnte höflich ab und schaute auf die Uhr. Man informierte uns, dass das Boot in wenigen Minuten ablegen werde und bat uns einzusteigen. Ein älterer Herr, etwa 75 Jahre alt, fragte mich, ob er neben mir Platz nehmen dürfe. Ich schob meinen Rucksack beiseite. Er schien darüber froh zu sein. Er fragte mich, ob ich die Insel zum ersten Mal besuche, ob ich ein Fremder sei und schon einen Begleiter auf der Insel habe. Die vielen Fragen störten mich keineswegs. Ich spürte, dass da neben mir ein gebildeter Mensch saß, der mir viel über Gorée erzählen konnte. Ich nahm dieses Angebot spontan an, ohne zu wissen, ob dieser Service mich etwas kosten würde. Er erzählte mir, dass er aus Gorée stamme. Seine Groß- und Urgroßeltern hätten ihm ausführlich über die Geschichte von Gorée erzählt. Er hatte sich zeitlebens vorgenommen, diese Informationen einmal als Memoiren niederzuschreiben. Leider liege ihm das Schreiben gar nicht. Ich wollte erfahren wieso. Er erwiderte, erzählen könne eigentlich jeder. Man brauche dafür kein Talent, aber für das Schreiben müsse man hingegen schon ein Talent haben. Ich lächelte, zog mein erstes Buch „Schwarzer sein im weißen Himmel" aus dem Rucksack und drückte es ihm in die Hand, worauf er mich erstaunt ansah und fragte, ob ich Bücher schreibe. Ich bejahte und er meinte, er habe großen Respekt vor Schriftstellern, denn er könne das gar nicht. Er wollte, dass ich ihm eine Widmung schreibe. Er könne zwar kein Deutsch, aber dieses Buch bekomme einen Ehrenplatz in seiner Behausung. Ich schrieb ihm eine Widmung und schenkte ihm das Buch, worüber er sich sehr freute. Er wollte mir alles über die Geschichte von Gorée erzählen, damit ich daraus ein Buch machen könne. Denn die Alten werden irgendwann mit ihrem Wissen sterben und dann wird es unwiederbringlich verloren sein, wenn es nicht zu Lebzeiten dokumentiert wurde. Er redete wie ein Wasserfall, so schnell konnte ich gar nicht schreiben. Er diktierte mir quasi die Geschichte der Sklaven auf Gorée, seinen Vorfahren. Er erzählte mit einem sehr überzeugenden, pathetischen Ausdruck. Ich merkte, dieser Zeitabschnitt der Sklaverei bedeutete für ihn einen Verlust Afrikas. Es wurde seiner Menschenwürde beraubt. Es war eine Unterdrückung, die über Generationen hinweg noch zu spüren war. Afrika stand in der Pflicht, sich an diese Zeit zu erinnern, sie zu verarbeiten und nicht zu verdrängen. Wer die Wahrheit unterdrückt, stellt sich auch der Gegenwart nicht und wird den Ansprüchen der Zukunft nicht gerecht werden. Ich schrieb alles nieder und beobachtete seine Gestik und Mimik, wenn ihm noch etwas einfiel, was er erklären wollte. Er erzählte packend und voller Emotionen, wir vergaßen die Zeit um uns herum. Der alte Herr war selbst Soldat gewesen und diente in der französischen Infanterie. Er hatte 6 Frauen, mit denen er insgesamt 25 Kinder gezeugt hatte. Alle lebten in Afrika. Sein ältester Sohn hatte es bis zum Filialleiter einer Bank gebracht. Er lächelte und meinte stolz, er habe ihm ein Haus auf Gorée gebaut. Er wollte nicht länger in der Großstadt Dakar leben. Er brauche Ruhe und etwas Abgeschiedenheit. All das finde er auf der Insel. Wenn er morgens erwache, rieche er die salzhaltige Luft des Meeres und der alten Bäume. Es seien die kleinen Dinge, an denen er sich erfreuen könne. Er laufe barfuss im Sand und bete jeden Tag, um mit sich und seiner Seele in Einklang zu kommen. Die Menschen sollen stets dankbar sein und beten, denn Gott sei groß.

Mir bedeutete das Kennenlernen der Tradition der Menschen von Gorée viel. Ich wollte wissen, ob das heutige Gorée sich wieder von dem Sklavenzeitalter erholt hatte oder ob es noch wie ein Schreckgespenst die Menschen berührte und beeinflusste.

Ankunft auf Gorée

Die Überfahrt von Dakar nach Gorée dauerte knapp 20 Minuten. Es wehte ein starker Wind an diesem Tag, aber er bereitete dem Boot keine Probleme. Die Besatzung erklärte uns die Sicherheitsbestimmungen und wie man sich in einer Notsituation verhalten solle. Ich überließ mein Schicksal dem lieben Gott und betete, dass er mir Schutz gebe, wenn mein Leben bedroht sei.

Dennoch hörte ich den Hinweisen der Besatzung aufmerksam zu, obwohl ich mir dessen bewusst war, dass im Falle einer Havarie durch die daraus sicher entstehende Panik an Bord alle guten Vorsätze wohl dahin wären. Ich fragte, ob es denn schon Unfälle gegeben habe. Eine Dame, die hinter mir saß, erwiderte, dass wohl jeder schon mal den Tod vor Augen gehabt habe und dennoch überlebt habe, Unkraut vergehe nicht. Diese Antwort brachte die anderen Passagiere zum Lächeln und Schmunzeln. Die Besatzung riet uns noch, uns bei der bewegten Überfahrt nicht so sehr an der Reling aufzuhalten, man könne leicht das Gleichgewicht verlieren und über Bord gehen. Die frische Meeresbrise, das tiefblaue Wasser und der grelle Sonnenschein stimmten mich heiter und ließen alle meine Bedenken bezüglich Unglücken für den Moment vergessen. Aus der Ferne konnte man schon die Umrisse von Gorée erkennen. Der alte Mann meinte, dass das Boot nun einen anderen Kurs einschlagen werde, um an die Anlegestelle zu gelangen. Ich kümmerte mich herzlich wenig um Schiffsnavigation, ich wollte einfach nur die Eindrücke genießen. Plötzlich hatte ich das Gefühl, als schwappe eine Welle ins Schiff. Vielleicht bildete ich es mir auch nur ein, da ich an die Nachrichten im Fernsehen dachte, wo über in Seenot geratene Flüchtlinge berichtet wurde. Meist sind es kleinere, überfüllte Boote, die nicht für eine so weite Reise von der schwarzafrikanischen Küste bis an die spanische Küste konstruiert wurden. Vielleicht war es auch die Angst in mir, die mir immer wieder vor Augen hielt, dass ich nie schwimmen gelernt hatte. Genau wusste ich nicht, was mit mir los war. Ich behielt nach außen hin dennoch Ruhe. Der Bootsführer sagte über Lautsprecher durch, dass wir in wenigen Minuten in Gorée anlegen würden. Man solle darauf achten, nichts auf dem Schiff zu vergessen, bevor man aussteige. Ich nahm indessen meine Kamera aus der Tasche und begann Fotos zu machen. Ich wollte möglichst viele Bilder schießen, um so eine größere Auswahl zu bekommen. Ich hatte mir vorgenommen, dieses Stück Land akribisch zu erkunden und zu dokumentieren, die Geschichte dieser Insel aufleben zu lassen und sie als Mahnmal in die heutige Zeit zu projizieren. Das war meine Vision. Ich wollte und konnte natürlich nicht auf Einzelschicksale von damals eingehen, wohl aber die Hintergründe erforschen, warum und wie es soweit kommen konnte. Es war gewissermaßen ein moralischer Auftrag, den ich meiner Identität schuldig war, um mit mir ins Reine zu kommen.

Kaum hatten wir die Insel betreten, als man uns schon automatisch in die Gebäudetrakte hinführte, wo einst die Sklaven zusammengetrieben und gefangen gehalten wurden. Morry, der alte Mann, und ich, standen genau an der richtigen Stelle. Das hatte er mir versprochen, da ihn viele hier kannten und ihn wegen seines Alters auch respektierten. Er erklärte mir an einigen Stellen, was genau da geschah, als sei er selbst dabei gewesen. Ebenfalls mahnte er an, die geeigneten Lehren daraus zu ziehen. Er kannte die Daten und Fakten, als seien sie auf einer Festplatte abgespeichert. Auch wusste er die Namen der Häuptlinge von vielen Dörfern, die ihr Volk für wenig opferten. Er versuchte ein paar Mal, eine Verknüpfung zu unserer Gegenwart herzustellen, während mich das Leben der Ansässigen zu der damaligen Zeit mehr interessierte.

Er ergänzte, dass die Sklaven von verschiedenen Teilen Afrikas herbeigeschafft wurden. Gorée diente als Sammellager. Ob sie Gorée als gesunde oder schon kranke Menschen verließen, entschied ihre körperliche Konstitution und die Belastbarkeit, mit der sie die Qualen und unhygienischen Bedingungen überstehen konnten. Ich merkte an seinem Tonfall, wie nahe es ihm ging und bekam Tränen in die Augen, so ergriffen war ich. Ich fühlte mich fast in diese Zeit hineinversetzt. Mir wurde schon auf der Überfahrt bewusst, wie emotional dieser Aufenthalt auf Gorée werden sollte. Ich wollte mich auch darauf einlassen und sperrte mich ganz und gar nicht dagegen. Die Anwesenheit von Morry veranlasste mich nur noch mehr dazu, die Geschichte mit Leidenschaft und Mitgefühl zu erfahren, ja beinahe nachzuerleben. Er verstand es, sehr gut zu erzählen und beherrschte die Kunst des Redens.

Wir sahen zum Teil grün und gelb gestrichene Häuser. Morry erzählte mir, dass in diesen Häusern die Herrschaften wohnten. Ich war sehr neugierig und wollte auch die näheren Lebensumstände der Sklaven erfahren. Wir hatten noch ein Stück Weg bis zu diesen Herrenhäusern. Wir hielten manchmal an, wenn er mir etwas erklären wollte. Eigentlich redete Morry ununterbrochen. Ich stellte ihm auch Zwischenfragen, damit ich überhaupt eine Chance bekam, auch zu Wort zu kommen. Er kaute ein Stück Kolanuss und schluckte das Zerkaute. Das war der Moment, in dem ich die Chance hatte, zu Wort zu kommen. Auch seine Antworten auf meine Zwischenfragen konnten länger andauern und zu einem Monolog werden. Aber ich will mich nicht beklagen, ich war dankbar für die detaillierten Informationen aus seiner Hand. Es war anschaulicher und besser, als ich es jemals aus einem Geschichtsbuch hätte erfahren können. Er sagte als zwischendrin: „Monsieur, wundern Sie sich nicht, die Geschichte wurde uns von unseren Ahnen überliefert." Er hatte in dieser Hinsicht den besten Geschichtsunterricht bei seinen Großeltern. Sie erzählten ihm die Geschichte ihrer Vorfahren genauso, wie er sie jetzt mir erzähle – ohne etwas hinzuzudichten. Er fügte hinzu: „Ich möchte auch gerne, dass Sie sich daran halten und keine Sachverhalte hinzufügen, die nicht passiert sind. So bleibt es unverfälscht der Nachwelt erhalten. Ich habe dann meine Mission erfüllt, wenn es endlich niedergeschrieben worden ist, wenn ich einmal gestorben bin. Ich weiß ja nicht, ob meine Erzählungen von meinen Nachkommen so weitergegeben werden, wie es in unserer Sippe bisher Tradition war."

Steckte dahinter noch mehr? So eine Art Seelenwanderung, dass er nicht nur Sprachrohr der Ahnen war, sondern dass die Ahnen selbst in ihm weiterlebten, denn er sprach von afrikanischer Seele. Es schien wirklich so, als sei er selbst dabei gewesen. Er hatte auch die Vision, Ratschläge für die Gegenwart und Zukunft zu geben, wie künftige Generationen daraus lernen konnten. Morry war tief von der Vergangenheit geprägt. Er erzählte auch aus seiner Jugend, als man ihm eine Kugel aus dem Bauch entfernte. Das geschah während des Weltkriegs, als er als Soldat kämpfte. Diese Stelle schmerze ihn bis heute, meinte er. Es gebe zwar keinen Krieg mehr in Senegal, aber er wünsche sich noch mehr Chancengleichheit und mehr Verteilung der Machtverhältnisse an der Basis, um das Land attraktiver zu machen. Er hielt wenig von großen Versprechungen. Die Politik solle nicht an den Menschen vorbeigehen, sondern auf ihre Bedürfnisse abzielen. Politik von Menschen für Menschen, das stelle er sich vor. Ich hatte gedacht, dass er mehr von Rachegefühlen erfüllt gewesen sei, nach allem, was er erlebt hatte. Nein, im Gegenteil schien gerade auch die Schande, die seinen Vorfahren einst angetan wurde, seinen Glauben zu stärken und ihn nicht davon abzuhalten, den Peinigern vergeben zu wollen. Vergessen konnte er die Vergangenheit wohl nie, aber es zeugt von großer Tugend und Größe, wenn man Vergebung zulässt.

Morry und ich liefen weiter und standen dann vor einem Denkmal. Es stellte einen schwarzen Mann und eine schwarze Frau dar, denen man die Ketten von den Gelenken abgenommen hatte. Es symbolisierte die Befreiung und somit das Ende der Sklaverei. Ich las die Inschrift auf der Schrifttafel und den Namen des Künstlers. Es wurde von einem Kanadier eingeweiht. Die Wortwahl, die er benutzte, war eine klare Aussage dafür, dass die Menschheit nie wieder eine solche Untat begehen sollte.

Auch waren Worte des ehemaligen Staatspräsidenten Abdou Diouf abgebildet, der Gorée eine große Bedeutung und Dimension in der Weltgeschichte zumisst. Gorée war somit auch zu Recht von der UNESCO zum Weltkulturerbe ernannt worden. Meiner Meinung nach ist Gorée auch ein Kulturerbe der afrikanischen Zivilisation vor etwa 300 Jahren. Morry mahnte an, es sei eine moralische Pflicht sowohl aller Afrikaner als auch der Afroamerikaner, sich dieses Ortes zu besinnen. Ich konnte eine Tafel entdecken, wo sich viele Weltstars mit ihren Unterschriften verewigt hatten. Morry erzählte mir voller Stolz, dass er die Hand von Papst Johannes Paul II. geschüttelt habe, als dieser die Insel besuchte. Auf seiner Mission wollte der Papst hier im Namen der katholischen Kirche um Vergebung bitten. Er meinte, dass er nun genau den Weg mit mir beschreite, den er mit dem Papst seinerzeit beschritt. Morry hatte auch eine feine Art des Humors, der in vielen seiner verwendeten Ausdrücken steckte und sich in der afrikanischen Bildsprache widerspiegelt. Der alte Morry beherrschte das Wortspiel. Ich stellte fest, dass ihn viele junge Leute auf Gorée, die dort Kunsthandwerk verkauften, grüßten. Ich sagte ihm, dass er wohl sehr bekannt sei hier, worauf er lächelte und sich sichtlich freute. Er habe diese Menschen aufwachsen sehen, fügte er hinzu. Es seien nun erwachsene junge Leute und er sei dementsprechend alt geworden. Gerne hören sie ihm zu, wenn er über die Vergangenheit von Gorée erzähle.

Morry war nun schon gut 30 Jahre ehrenamtlich als Fremdenführer auf Gorée tätig und bekam nur hin und wieder ein Trinkgeld von so manchen Gästen zugesteckt. Er sei zufrieden und froh, dass er auf diese Art so viele Menschen aus allen Teilen der Welt schon getroffen habe, fügte er hinzu. Ich schätzte es auch, dass Morry sich persönlich Zeit genommen hatte, um nur mich auf Gorée zu begleiten. Ich machte mir schon Gedanken, wie viel ich ihm dafür bezahlen sollte. Vielleicht hatte er sich auch bewusst so ausgedrückt, damit ich seine Bereitschaft, mich zu begleiten, nicht als Selbstverständlichkeit ansah. Jedenfalls war ich schon auf die Idee gekommen, bevor er mich am Ende vielleicht noch daran hätte erinnern müssen. So zog ich einen Geldschein aus meinem Portemonnaie und gab ihn ihm, worüber er sich sehr zu freuen schien. Er sagte: „Oh, du bist ein stolzer Sohn. Gorée heißt dich willkommen. Das ist eine nette und zugleich großzügige Geste."
Diese ausgedrückte Dankbarkeit klang für mich wie ein Gebet. So etwas kannte ich noch aus meinem Heimatdorf.

„Wenn Jesus selbst einmal hier gewesen wäre, so hätte er das bestimmt nicht geduldet und lieber alles Leid auf sich genommen. Heute werden nur noch Verbrecher zum Transport angekettet und selbst Tiere im Zoo laufen frei", meinte ich zu ihm.

Von hier sei eine Flucht sowieso unmöglich gewesen, man müsse sehr gut und mit Ausdauer schwimmen können, gegen Strömungen ankämpfen und auch mit Haifischen rechnen, erwiderte Morry.

Endlich erreichten wir das Auffanglager, wo die neu angekommenen Sklaven gesammelt wurden.

Der Eingang war voll von Besuchern, die alle interessiert warteten. Die Angestellten vom Kulturministerium verkauften Eintrittskarten und achteten darauf, dass niemand ohne zu bezahlen hineingelangen konnte. Morry erkannte jemanden und sprach mit ihm in der Wolofsprache. Morry forderte mich auf, einen passenden Schein als Wechselgeld herauszugeben. Für ihn brauche ich nicht zu zahlen, meinte der Mann, es ginge ihm lediglich darum, etwas Kleingeld zu wechseln. Morry erwiderte, dass er als Bürger von Gorée befreit sei, Eintritt zu zahlen. Aber gut, selbst wenn er hätte bezahlen müssen, so hätte es ihn nicht wirklich ärmer gemacht, denn der Preis war vertretbar. Ich selbst hatte mit mehr gerechnet. Ich hatte mich daheim vor meiner Reise nach Dakar über die Preise für eine Führung auf Gorée informiert. Ich hätte den fünffachen Preis dafür bezahlt, wenn ich bereits in Deutschland gebucht hätte. Ich lächelte den Beamten an, der die Tickets verkaufte, und dieser fragte, was es denn so Belustigendes an ihm gebe, dass ich ihn so anlache. Ich erwiderte, dass er sich keine Sorgen darüber zu machen brauche, es sei meine Art, freundlich zu sein und keineswegs meine Absicht, mich über ihn lustig zu machen. Ich musste auch an einen Bekannten denken, der warnte, man solle nicht dem Internet vertrauen, denn zu viele können sich selbst eine Seite bauen und auch die Leute anschwindeln. Die Möglichkeiten seien fast unbegrenzt und die Täter hätten eine falsche Identität oder würden anonym bleiben. Um diese Anonymität ginge es ja. Wenn dann auch noch Bankdaten angefordert würden, sei es schon kriminell. So werde im Netz Geld verdient, indem sich Leute in die Preiskette zwischenschalten. Das sei Abzocke, ein zweites Mal werde wohl keiner mehr dort buchen.

Wir traten dann in einen Hof, wo sich ein rosafarbenes Gebäude befand. Morry erklärte mir, dass wir nun mitten im Zentrum seien, wo sich das menschliche Leid abspielte. Dort, in dem einen Gebäudeteil wurden den neu angekommenen Häftlingen die Maße genommen. Sie wurden durchgecheckt und nach ihren Merkmalen klassifiziert, um zu entscheiden, ob sie für schwerere oder leichtere Tätigkeiten geeignet waren. Später sollte ich noch mehr Informationen dazu bekommen. Zunächst hieß so eine Art Kulturagent alle Besucher willkommen und machte einen Exkurs über diesen Ort. Plötzlich stellte sich ein etwa vierzigjähriger Mann vor uns an die Treppenstufe. Er sprach fließend französisch und artikulierte einige Details aus der Geschichte von Gorée sehr präzise. Oft verlor er sich in einem historischen Exkurs und brachte einige eigene Eindrücke mit ein. Er versuchte, eine Verbindung von der damaligen Zeit zu der heutigen Zeit zu schaffen. Er stellte die Frage in den Raum, ob die Sklaverei heute tatsächlich nicht mehr existiere. Seiner Meinung nach gebe es sie noch in der einen oder anderen Ausprägung. Ich bewunderte seine Rede und die Art, wie er seine Behauptung mit Fakten belegte, wonach es in Paris nachweislich Fälle moderner Sklavenhaltung gegeben habe und bestimmt noch gebe. Alle Besucher hörten zu, es herrschte eine betretene Stille. Es war verboten, das Ganze per Videofilm aufzuzeichnen. Ich nahm an, dass es ein studierter Historiker war, der zu uns sprach. Er sprach ungefähr 20 Minuten auf Französisch und begann dann auf Englisch zu reden. Eine Dame in meiner Nähe war ergriffen und schluchzte mit den Worten: „Das sind meine Vorfahren, ich komme aus Haiti." Mir war durchaus bewusst, dass einige Afroamerikaner unter uns waren. Die meisten hatten sechs bis zehn Flugstunden hinter sich aus den USA oder auch aus Mittelamerika, je nachdem. Ich unterhielt mich mit einer Afroamerikanerin, die zum ersten Mal auf Gorée war – genauso wie ich.

Sie sagte, das sei unsere Geschichte. Diese Spuren haben die Vorfahren hinterlassen. Sie mögen uns heute im Bewusstsein stärken und unsere Fähigkeit, Erbarmen zu empfinden, fördern. Diese Frauen und Männer, die größtenteils die amerikanischen Baumwollfelder nicht mehr gesehen haben, weil sie wegen der großen Strapazen schon vorher starben, seien einst der Stolz dieses afrikanischen Kontinents gewesen. Aber Schuld geben wir auch nicht nur den Sklaventreibern, sondern auch den Häuptlingen und Stammesältesten, die sich für Geschenke bestechen ließen, um ihr Volk zu verraten und zu verkaufen. Während sie so sprach, konnte ich ein paar Tränen in ihren Augen entdecken. Ich konnte bei ihr eine Art Aufarbeitung der Fakten spüren, die ihre Gefühle zutiefst berührten. Ich stellte es mir aus heutiger Sicht so in etwa vergleichbar vor, als würde ein Dorf seiner Bewohner beraubt. Morry gab mir indessen ein Zeichen, dass wir gleich die Kammern im Inneren des Gebäudes besichtigen würden. Er würde mit mir diesen Ort betreten, wo es mir als Poet zustand, ein Gedicht vorzutragen. Ich sagte Morry, dass ich nicht darauf vorbereitet sei. Er aber wiegelte ab und meinte, ein Dichter tauche doch ins Bad der Gefühle ein und lasse sie heraus. Ich würde schon erleben, dass alle Besucher mir Gehör verschaffen und dass meine Worte so ins Herz aller vordringen können, soweit kenne er mich schon und traue mir das ohne weiteres zu. Er ermutigte mich förmlich, es zu tun, als wolle er mich auf die Probe stellen, um zu sehen, wie spontan ich mit meiner Kunst umgehen könne.

Wie ferngesteuert erhob ich meine Stimme. Sofort drehten sich die Besucher in meine Richtung und kamen näher.

Ich trug ein Gedicht vor, das ich mir gedanklich schon etwas zurechtgelegt hatte:

Im Blick der verlorenen Seelen

Im Rückblick des Geschehenen

Hier an dem Ort des einstigen Geschehens

Richte ich meine Gedanken auf das,

was das Schicksal von Millionen war,

die ihrer Menschlichkeit beraubt wurden.

Im Blick der verlorenen Seelen

Erhebe ich meine Stimme

In dieser Kulisse des einstigen Schreckens,

die uns ermahnt und mit Wehmut an

das Leid so vieler erinnert.

Mein Aufruf an die Mächtigen ohne Skrupel:

Befreit mich von der Kette,

die meine Bewegungen einschränkt

und mir keinen Ausweg zeigt.

Diese Ketten haben meine Arme und Beine

zerschunden.

Sie demütigen mein menschliches Dasein

und reduzieren mich auf ein gefangenes Tier.

Oh ihr Mächtigen, seid ihr stolz

Mich in diesem erbärmlichen Zustand zu sehen?

Ich spürte eine Welle des Mitleids und der Rührung unter den Zuhörern. Manche hatten sich durch meine Worte in tiefe Emotionen hineingesteigert. Wie konnte es auch anders sein; jeder, der diesen Ort besuchte, musste sich damit auseinander setzen, dass man seelisch etwas zu ertragen hatte, wenn man mit eigenen Augen den Ort sah und durch die anschaulichen Schilderungen der Reiseführer alles erklärt bekam, was ich während meiner Schulzeit in einigen Geschichtsbüchern gelesen hatte. Ich hatte mir vorgenommen, die Realität im Auge zu behalten, um später meine Kinder mit Überzeugung dafür zu sensibilisieren.

Eine Geschichte, die niemand vergessen sollte. Für Morry ist die Vergebung nicht vollendet, solange es noch Leid und Katastrophen auf der Welt gibt. Das hatte ich verstanden. Er stellte sich eine Art Wiedergutmachung vor, die jeden Bürger ehren sollte und es ihm erlauben würde, aufrechten Hauptes zu gehen. Er träumte davon, dass die Menschen in Afrika mehr Rechte bekämen, um die Schätze kennen zu lernen, die sie eigentlich haben. Viele hatten schon aufgehört, den Statistiken ihres Nationalvermögens Glauben zu schenken.

Ich stand plötzlich vor einer türähnlichen Öffnung mit Blick auf das Meer. Diese Öffnung war etwa in zwei Metern Höhe von dem Fundament des Korridors entfernt. Es gab allerdings keine Treppenstufen zu der Öffnung hin. An dieser Stelle legte das Schiff an. Die Sklaven bildeten eine Reihe im Korridor. Die Kräftigsten wurden dann in das Schiff hineingepfercht. Es gab keine Chance zu entkommen.

Morry stützte sich an der Wand so, als sei ihm schwindelig. Ich fragte ihn, ob alles in Ordnung sei und ob wir nicht besser in den Hof zurückgehen sollten, um dort frischere Luft zu bekommen. Morry schüttelte nur den Kopf und wollte nichts sagen. Die Luft war nicht schlecht, sondern folgende Vorstellung bereitete uns ein beklemmendes Gefühl: Hier wurden hunderte von Menschen wie in der Grabkammer eines Massengrabes eingepfercht, aber diese Menschen lebten noch. Es war ein Raum wie eine Grube mit einem Loch in der Decke, wo etwas Licht einfallen konnte. Diese kahlen Wände waren stumme Zeugen der Tragödien, die sich hier abspielten. Ich wollte Morry etwas ins Ohr flüstern, aber flüstern kann man es nicht mehr nennen, denn ich musste meine Stimme anheben, weil er nicht mehr so gut hörte. Ich musste lauter mit ihm sprechen, sonst hinterfragte er jeden Satz. Ich war wegen des Anblicks, den wir da in dem Verlies hatten, irgendwie entsetzt. Die Menschen hatten so eine unwürdige Behandlung nicht verdient. Die Menschenwürde sollte immer und zu allen Zeiten unantastbar sein, aber das war sie leider nicht. Auch heutzutage muss man manchmal noch daran zweifeln. Morry und ich gingen weiter und sahen an jedem Eingang einer weiteren Kammer ein Hinweisschild, welche Gruppen von Sklaven dort einmal gehalten wurden. Da gab es welche bis 1,70 Körpergröße oder Mischlinge, die bei der Vermischung von Sklavenbesitzern und ihren Sklavinnen entstanden, sowie Frauen mit Kindern. Die Mischlinge galten im Vergleich zu den anderen Sklaven als privilegiert, auch wenn sie unten wohnten und ihre Herren in den oberen Etagen. Die große Außentreppe diente als Verbindung zwischen dem Innenhof und den anderen Gebäudeteilen. Die Hölle auf Erden muss das Gefangensein in diesen Kammern gewesen sein.

Vielleicht sind die Haftbedingungen in Gefängnissen, die sich an die Menschenrechtskonventionen halten, noch besser heutzutage. Ich hatte die Charta der Menschenrechte genau einstudiert und besuchte oft Diskussionsrunden, wo es auch um die Elite ging. Obwohl mir in diesen Diskussionen vieles so abstrakt vorkam, hatte ich nun durch meinen Aufenthalt auf Gorée die Möglichkeit, der Realität ein ganzes Stück näher zu sein. Viele Autoren sind bemüht, in ihrer Wahrnehmung den Begriff Mensch und Menschen in Freiheit zu beschreiben.

Ich sah die Welt mit anderen Augen und verstand, wie sie sich verändert hatte, als Abraham Lincoln, der Präsident der Vereinigten Staaten von Amerika, die Sklaverei abschaffte.

Ich schaute in die Augen der Besucher, die anscheinend nach dem Warum fragten. Dass ein Stück Weltgeschichte die Menschen von heute noch beschäftigt, hebt die Stärke des Erinnerungsvermögens hervor. Wichtig ist die Besinnung auf sich selbst und die Fähigkeit zur Korrektur. Man sollte über den Dingen stehen können, auch wenn sie schmerzen.

In seiner Begrüßung hatte der Kulturreferent versucht, uns auf seine Art die Motive der Sklavenhalter zu erklären. Ich spürte dabei eine gewisse Härte in seinem Gesichtsausdruck, als wollte er das Thema möglichst schnell abhaken. Es gehörte zu seinen Aufgaben, vor jeder Besuchergruppe diese Eingangsrede zu halten. Mich faszinierte die Rhetorik dieses Mannes und die Beherrschung der Daten, die er wie ein Tonband gespeichert zu haben schien.

Seine Vorliebe, diese Details puzzleartig zu rekonstruieren, erforderte Erfahrung.

Ich dachte mir, das Kulturbüro hatte den Richtigen an den richtigen Ort geschickt. Gorée ist und wird stets ein Ort bleiben, der uns über die Vergangenheit belehrt. Es lehrt uns, wie andere Menschen als minderwertige Untermenschen behandelt wurden – und dies nur wegen ihrer Herkunft und Hautfarbe. Man betrachtete diese Menschen als Ware, die den anderen zu dienen hatte. Ich danke Gott dafür, dass er trotz aller Proben, auf die er uns stellt, uns auch einen Lichtblick zukommen lässt, der uns vernünftiger macht.

Hier auf Gorée habe ich meinen Sinn für Humanismus noch weiter gestärkt.
Das Image der so genannten Herrenmenschen und ihrer Untertanen war aus

später Sicht sehr negativ geprägt, auch nachdem die Sklaverei abgeschafft worden war. Ich fragte mich, warum diese komplexe Betrachtung sogar noch heute in manchen Fällen auftaucht.

Der Kulturreferent brachte es am Ende seiner Rede noch einmal mit eigenen Worten auf den Punkt, indem er sagte: „Liebe Besucher, ich glaube, Sklaverei gibt es auch noch heutzutage, nur trägt sie eine neue Weste. Wenn die Misere vieler Völker dieser Erde durch die Gier einiger weniger begründet ist, dann sollte doch jeder einzelne von uns endlich aufwachen. Manche nutzen immer noch ihre Macht, um anderen das Leben zu erschweren. So, als ob man aus der Erkenntnis der Sklaverei von einst nichts gelernt habe."

Er gehe nun aber zu weit, knurrte ein Mann neben mir. Hatte er etwa nicht das Recht, seine Emotionen auszudrücken? Diese Frage wollte ich dem unbekannten Besucher stellen. Ich wollte ihm die Richtung weisen, was zwar nicht unbedingt so schlimm ist, wie die Misere der inhaftierten Sklaven von damals. Nein, ich wollte ihn damit nur für die heutigen Opfer der Unterdrückung sensibilisieren.

Einer meiner Lehrer sagte uns einmal während der Schulzeit, ich kann mich noch genau erinnern: „Egal, ob du mit Pfeil und Bogen oder mit einer Schusswaffe ein Tier triffst, sein Schicksal wird dadurch in gleicher Weise in Form seines Todes besiegelt sein."

Fast eine Stunde hielten wir uns in dem unteren Bereich auf, wo das Schicksal von Tausenden von Menschen einst besiegelt wurde. Es ist ein beklemmendes Gefühl, wenn man sich einmal in diese Lage hineinversetzt. Alles, was damals geschah, schien in unseren Gedanken aktuell zu passieren. Viele der Besucher hatten einen Bezug zu dieser Vergangenheit und hatten sich damit schon auseinander gesetzt. Sie waren oft Nachfahren von diesen gepeinigten, geschundenen Sklaven, die einst zu unfreiwilligen Auswanderern wurden und so Risse in den afrikanischen Ursprungsfamilien hinterließen.

Der Kulturreferent hatte uns auch erklärt, dass die Sklaven neue Namen bekamen und somit auch ihrer afrikanischen Identität beraubt wurden. So ist es schwer nachzuvollziehen, aus welchem Teil sie ursprünglich herstammten, ob aus West-, Ost- oder Südafrika.

Während ich zuhörte, machte Morry einen Witz daraus, indem er meinte, man stelle sich vor, man heiße jetzt Bale und im Ausweis tauche ein neuer Geburtsort und Ursprung auf. Man behalte zwar das Bild im Ausweis, aber in dem Dorf würde der Name einem neuen Stammbaum zugeordnet werden.

Ich finde diesen Umstand noch schlimmer als die Arbeit, die sie auf den Feldern von Alabama verrichten mussten.

Morry grinste, biss in seine Colanuss und fügte hinzu, dass unsere Erinnerungspflicht und unser Mitgefühl allen gelten, sowohl den damals lebenden Sklaven als auch den heute lebenden Nachkommen. Wir haben die Pflicht, ihnen ihre erloschene Identität zurückzugeben.

Ich finde eine solche Aufgabe sehr anspruchvoll und diffizil. Vielleicht wäre eine Rekonstruktion durch Merkmale in der Aussprache, in dem Akzent möglich?

Jedenfalls war es nicht hundertprozentig möglich eine genaue Zuweisung der Herkunft vorzunehmen. Für mich sind sie alle Bürger Afrikas, da sie den großen afrikanischen Stämmen angehörten. Sie haben noch heute den afrikanischen Rhythmus sowie die Spontaneität im Blut und bewahrten ihre Kultur auch im fernen Amerika in Gospel und Spirituals, in ihrer Vorliebe für bunte, farbenfrohe Stoffe und in ihrer Esskultur.

Ich ging diese lange, schlangenförmige Treppe hinauf. Vor mir stand eine etwa fünfzigjährige Frau und lächelte mich an. Sie grüßte mich auf Englisch. Als ich sie fragte, woher sie komme, antwortete sie mir, sie sei aus Haiti und auf der Spur ihrer Vorfahren. Es waren Leute aus verschiedenen Ländern auf Gorée, aber alle hatten etwas gemeinsam: Sie redeten von „Unserer Geschichte". Es war immer derselbe Satz, ob auf Englisch, wenn sie aus dem United Kingdom oder aus den USA kamen, oder auf Französisch, wenn sie aus der Karibik kamen. Immer wieder drückten sie durch diese Worte ihre Betroffenheit und Verbundenheit sowie ihre Erinnerung an die Vorfahren aus. Der Bruch zwischen Ursprungsheimat und Übergangsstation zur neuen, fremden amerikanischen Heimat ist im Wesentlichen schwer nachzuvollziehen.

Ich bekam ein Gefühl dafür, was die Identität für einen Menschen wirklich bedeutete. Es ist wie ein Feuer, das das Innere eines Menschen erwärmt. Dieses Mysterium steckt wohl in jedem Auswanderer. Jener Wille, an den Ort der Erkenntnis zurückzukehren, kam nicht nur dieser Frau Edinson in den Sinn. Auch diejenigen, die in fremden Kulturen aufwuchsen, hatten meist großes Interesse daran, ihre eigene Identität zu erfahren. Es ist so eine Art Holschuld, die jeder Betroffene zur Verwirklichung seines Ich-Gefühls braucht.

Solche Leute wie Morry brauchte man in den Einrichtungen, um den Erhalt des Erbes und der Tradition zu sichern. Ich fand es nur schade, dass viele kulturelle Einrichtungen in Afrika, die ich schon besucht hatte, immer noch sehr viel Wert auf Diplome legten als Nachweis dafür, dass eine Qualifikation vorhanden ist. Sollte man in Afrika nicht lieber die Sprachkultur der vielen Dialekte nutzen und jedem älteren Menschen, der diese seltenen Sprachen beherrscht, einen Platz im Kulturforum einräumen? Oder wird Afrika den Nutzen daraus zu spät erkennen, wenn diese älteren Menschen schon ihr Wissen und ihre Tradition mit ins Grab genommen haben?

Ein alter Mensch, der gestorben ist, ist wie eine Bibliothek, die einem Brand zum Opfer gefallen ist.

Ich freute mich darüber, dass ich Morry begegnet war, dass ich mit ihm die Fahrt nach Gorée angetreten und von seinem Wissen profitiert hatte. Die Geschichte unserer Heimat konnte ich so näher kennen lernen. Dies sah ich als eine große Bereicherung in meinem Leben an. Morry war kein hundertjähriger Greis, aber er hatte einen großen Wissensschatz in seinem Leben angesammelt, den er gern an die Nachwelt weitergeben konnte und wollte.

Ich hätte noch so viele Bücher über Gorée lesen können, es hätte mir nicht das gebracht, was Morry mir aus erster Hand anschaulich durch die Einfachheit und Klarheit seiner Erzählung hat vermitteln können. Dafür bin ich ihm sehr zu Dank verpflichtet.

Ich selbst atmete an der Quelle der Identität und holte tief Luft. Die Tradition zu erfahren und am geschichtsträchtigen Ort zu sein, seien die beiden Elemente, die die Seele brauche, um mit sich besser ins Reine zu kommen, meinte Morry. Mit seinem Ausdruck „Wind der Geschichte" konnte ich hingegen nicht soviel assoziieren. Ich würde es eher als „Rad der Geschichte" bezeichnen. Mich hatte die Wortwahl des alten Morry oft in Gedanken versetzt. So eine wandelnde Bibliothek wie er hatte so viele Buchillustrationen im Kopf.

In der Kirche erklärte ein junger Kaplan die Geschichte dieses Kirchenbaus. Ich sah mir die Gedenktafeln an und erfuhr, welche Persönlichkeiten die Kirche schon besucht hatten.

Auch Papst Johannes Paul der II. hatte dort einen Gedenkgottesdienst abgehalten und entschuldigte sich dafür, dass die katholische Kirche maßgeblichen Anteil an der Sklaverei hatte. Der Kaplan endete mit seinem Vortrag nach etwa einer Viertelstunde. Morry und ich verließen die Kirche und trafen draußen auf einen Fotografen. Er fragte mich, ob er noch mehr Bilder machen solle, was ich verneinte. Ich wollte lieber noch Bilder von Dakar haben, denn von Gorée hatte ich schon genügend Bilder. Ich hatte ihn schon einige Bilder machen lassen und bereits bezahlt. Ich lief mit Morry weiter an den Baobabbäumen vorbei. Es war eine richtige Allee mit diesen ältesten Bäumen, die es in Afrika gibt. Sie gab mir das Gefühl, einen traditionellen Weg zu gehen. Ich atmete den Duft ihrer Blätter ein und fühlte mich einfach wohl in der Natur. Morry hatte schon Hunger. Ich meinte, dass wir in ein gutes Restaurant gehen sollten. Er erwiderte, dass wir gleich Gelegenheit bekämen, Restaurants zu sehen. Günstige Preise haben sie allerdings kaum, denn die Besucher zahlen oft in US-Dollar. Ihn kennen sie und geben ihm oft einen Teller Essen umsonst.

Wir traten alsbald in ein Restaurant ein. Am Eingang stand eine Tafel mit durchaus leckeren Speisen im Angebot. Ich wollte am liebsten von allem was probieren. Ein Blick auf die Teller der Leute, die bereits am Essen waren, machte mir noch mehr Appetit.

Ich fragte den Ober, ob wir bestellen könnten. Morry flüsterte mir ins Ohr, dass ich für ihn bezahlen solle, denn er wolle auch ein leckeres Essen haben. Wenn er allein da sei, bekomme er auch Essen. Er brauche eben nicht gleich zahlen, wenn er dann einen Touristen mitbringe. Es würde dann quasi verrechnet.

Ich war über die Art amüsiert, wie Morry seine alten Schulden beglich. Seine Strategie sei übrigens bei Bankgeschäften üblich, sagte ich zu ihm. Er hatte Wein zum Essen bestellt. Ich schloss mich ihm an und wir hatten dann jeder eine Karaffe Beaujolais und Tafelwasser. Es war ein köstliches Essen, was uns beide gestärkt hatte.

Hofbesuch

Wir hatten auch die obere Etage des Gebäudes besichtigt, wo die Sklavenhalter ihr Domizil hatten. Von hier aus kontrollierten sie mit ihrer einflussreichen Macht die unterdrückten Sklaven. Die Räume zeigten auch Gegenstände in Glasvitrinen, die damals das Leben bestimmten: Ketten, Handschellen, Peitschen und Waffen. Ich las einige Hinweistafeln dazu und bemerkte, dass Morry mir schon alles darüber erzählt hatte. Aber ich zog es natürlich vor, mir die Informationen von ihm geben zu lassen, so blieb es viel besser in meinem Gedächtnis haften, es war eben weitaus anschaulicher so. Es ging darum, Sachverhalte nicht noch weiter zu komplizieren, da war Morry genau richtig.

Da hustete er und zuckte: „C'est une malchance, un malheur de l'humanité!"

Das bedeutet soviel wie „eine Missgunst für die Menschheit."

Morry wirkte trotzdem gelassen. Die Schuld gab er den ehemaligen Herrschern zur Zeit der Sklaverei.

Plötzlich tauchte ein Fotograf auf und fragte mich, ob ich bereit sei, dass er ein paar Bilder von mir vor den Gedenktafeln mache. Er werde mir einen guten Preis dafür machen, da ich in Begleitung von Morry sei, den er sehr schätze. Morry schaute mich an und nickte mit dem Kopf. Er forderte mich auf, den Deal anzunehmen. Sodann machte der Fotograf eine Reihe von Bildern. Er schoss einfach drauflos und machte ungefähr 30 Bilder. Ich bremste ihn und fragte, was das kosten solle, bevor er weitermachte. Ich wollte nicht überrascht werden, wenn er mir das alles in Rechnung stellte. Er erwiderte jedoch, ich brauche keine Sorge haben, wir werden uns schon einig. Er gab mir einige Anweisungen, wie ich stehen und freundlicher lächeln sollte. Das fiel mir in dem Moment schon schwer, denn ich sah keinen Grund zu lächeln, antwortete ich ihm.

Der Fotograf fand meine Antwort wohl etwas komisch, denn er runzelte die Stirn und meinte:

„Sie wollen doch tolle, freundliche Bilder haben oder wollen Sie ihren Freunden in Europa ernste, traurige Bilder von sich zeigen?"

Ich hatte nach dem Besuch des Verlieses, wo die Sklaven wie Tiere gehalten wurden, einfach keine gute Laune mehr. Ich war in Gedanken erschüttert und konnte den Anweisungen des Fotografen nicht mehr Folge leisten, beim besten Willen nicht. Ich fragte mich auch, was das ganze Theater sein sollte. Es war doch kein Vergnügungspark wie Disneyland, den ich besucht hatte. Es wäre genauso, als würde man sich in der Leichenhalle Witze erzählen, um sich zum Lachen zu bringen.

Ich sagte ihm unmissverständlich, dass ich keine Bilder mehr haben wolle. Er erwiderte, dass er nur für mich da sei und keine anderen Kunden habe. Ich war stutzig: Wieso wollte er mir nun ein schlechtes Gewissen einreden?

Ich gab ihm schließlich einen Geldschein, der etwa dem Wert von fünf Euro entsprach. Er aber schien damit nicht glücklich zu sein. Es sei zu wenig für die vielen Bilder, die er gemacht habe. Ich wollte mich auf keine weitere Diskussion einlassen und verlangte die Herausgabe der Bilder. Er meinte, die bekäme ich bei der Ankunft mit dem Schiff in Dakar. Morry fügte hinzu, dass der Kerl nicht mit meinem Geld abhauen werde. Gorée sei klein, jeder kenne jeden.

Wir gingen dann eine Allee entlang, die sehr steil war. Es hatten sich dort viele Straßenhändler mit Kunsthandwerk niedergelassen. Sie boten Schmuck, Stoffe, Holzfiguren, Gemälde und Postkarten an. Besonders die Frauen hatten eine aufdringliche Art, den potenziellen Kunden überallhin zu folgen. Die einzige Rettung bestand eigentlich nur darin, ihnen etwas abzukaufen. Eine folgte mir schon fast auf das Schiff in Dakar. Am Ufer setzte sie sich hinter mich und berührte mich immer am Rücken. Sie begrüßte mich freundlich und fing an zu erzählen, dass sie auf Gorée eine kleine Boutique habe. Sie freue sich, mir den Laden einmal zu zeigen. Ich werde dort von ihr persönlich beraten. Sie ahnte, dass ich noch nie dort gewesen war und die Atmosphäre in der Souvenirmeile nicht kannte.

Von allen Seiten wurde man da bedrängt und es wurden mir verschiedenste Waren direkt vor die Nase gehalten; total unvorstellbar für Menschen, die in Europa zu leben gewöhnt sind.

Dennoch blieben sie höflich und waren angenehme Unterhalterinnen. Nicht dass ich etwas gegen sie hatte. Es waren meist hübsche, junge Frauen. Ich nannte sie „Die Schönen von Gorée".

Eine sagte mir, dass das Leben hier hart sei. Sie müssen irgendwie den Lebensunterhalt bestreiten, denn zu Hause warten viele kleine, hungrige Münder, die es gelte, jeden Tag zu füttern. Ihr Mann habe sie mit den Kindern sitzen lassen. Mir tat es irgendwie leid, wenn jemand wie diese junge Frau sechs Kinder zu ernähren hatte und nur von dem Verkauf von Halsketten und Ohrschmuck leben musste. Sie hatte ganz schnell mein Mitleid bekommen. Ich kaufte ihr auch etwas ab und gab ihr zehn Euro. Sie freute sich darüber sehr, da ich ihr erster Kunde an dem Tag war.

Sie bedankte sich freundlich bei mir und wünschte sich noch mehr so nette Kunden wie mich an diesem Tag. Aber anstatt mich alleine zu lassen, folgte sie mir noch weiter, um mir noch mehr Waren anzubieten. Diesmal lehnte ich höflich, aber mit gewisser Strenge in der Stimme ab und sie verstand wohl sofort, dass bei mir nichts mehr zu holen war.

Morry sah mir beim Verhandeln zu und lächelte. Er sagte, jeder verdiene sein Glück.

Wir liefen ungefähr eine halbe Stunde den steilen Weg hinauf an den Händlern vorbei. Unsere Achillesfersen taten uns weh. Dennoch wollte ich den schönen Spaziergang nicht unterbrechen.

Morry hatte mir noch andere Stationen von Gorée genannt, wo wir hingehen würden. Sofort fing er mit der Geschichte dieser Kirche an, die schon im 18. Jahrhundert erbaut worden war. Dort fanden die Gottesdienste für die Sklaven statt. Alle sollten katholisch getauft werden, erzählte Morry und bat mich, die Kirche zu betreten.

Anschließend begaben wir uns in ein Restaurant. Das Ambiente gefiel uns und so aßen wir gemütlich. Wir unterhielten uns über die Küche und Morry sagte mir, dass er während seiner Armeezeit in einem Militärhospital als Koch gearbeitet hatte. Daran habe er viel Freude gehabt, meinte er. Als er in Ruhestand ging, habe er sich mit dem Gedanken getragen, ein eigenes Restaurant zu eröffnen. Nur seine Frau riet ihm davon ab. Sie meinte, er solle sich dann lieber seinen Enkelkindern widmen. Was die Chefin sage, habe Gültigkeit, fügte Morry lächelnd hinzu.

Mit ihm hatte man schon was zu lachen. Seine humorvolle Art und Gestik waren einfach grandios, man musste ihn einfach mögen. Nur musste ich mich auch mal zurücknehmen, um nicht den Eindruck zu erwecken, dass ich seine Äußerungen nicht ganz ernst nehme. Auf den letzten Metern auf dem Weg zur Bergspitze befand sich ein weißes Denkmal. Ich fragte Morry, was es symbolisiere.

Wir verbrachten etwa eine halbe Stunde davor und Morry erklärte mir, was es damit auf sich hatte. Es stehe für die Freiheit und sei von der afrikanischen Diaspora finanziert worden. Diese Initiative fand ich lobenswert und wollte mich davor fotografieren lassen. Ich wollte jedoch nicht allein davorstehen, sondern natürlich mit Morry zusammen. Es waren an dieser in der Höhe gelegenen Stelle nur wenige Besucher zu sehen. Die meisten lagen am Strand. Es war sehr angenehm hier oben und nicht so heiß, man konnte einen herrlichen Blick auf das Meer genießen, das in tiefem Blau gefärbt war. Auch befand sich da oben eine Kanone, die einige Meter entfernt stand und ebenfalls an die Befreiung erinnern sollte.

Morry ließ mich mit ihm zur Kanone gehen, um den historischen Kontext zu erläutern.

Er meinte, diese sei zur napoleonischen Zeit aufgestellt worden. Vom Bergrücken schossen die Kanoniere und konnten so weit entfernte Ziele treffen. Dieser Ort war auch ein strategischer Angelpunkt der französischen Marine während des 2. Weltkrieges. Morrys Erklärungen uferten mir dann doch zu sehr ins Technische aus, zumal ich nicht so viel von Waffentechnik und Abwehrsystemen verstehe.

Ich erinnerte mich wieder an den Satz einer meiner Lehrer: „Ob mit Pfeil oder Gewehr, du triffst das Tier und bringst es zur Strecke."

Die Kanone war zur Verteidigung der Insel da. Sie gehörte Frankreich zur Kolonialzeit.

Ich merkte, wie viele weltbewegende Spuren in diesem so kleinen Ort hinterlassen wurden. Erst Sklaverei, dann Kolonialzeit, dann Weltkrieg. Dennoch blieb der Insel die Vernichtung im Weltkrieg erspart, da sich die großen Schlachten eher in Nordafrika und Europa abspielten.

Ich genoss die Sonne, die Seeluft, ich war umrahmt von Wasser. Die ganze Silhouette wirkte sehr beruhigend auf mich. Ich war von der Ruhe dieses Berges auf der Insel angetan, die im Gegensatz zu dem geschäftigen, hektischen Treiben der Kunstgewerbehändler stand. Auch die Vegetation mit den Palmen gefiel mir. Ich meinte zu Morry, dass ich hier gerne residieren würde. Er nickte und erwiderte, dass er ja deswegen nun schon einige Jahre hier wohne.

Viele junge Leute verlassen die Insel, um nach Dakar zu gehen, da sie für sich hier auf Gorée keine Perspektive sehen. Der Tourismus sei wohl die einzige Einnahmequelle. Das Geld fließe zurück in die Staatskasse von Dakar. Der dortige Bürgermeister müsse mit harten Bandagen darum kämpfen, dass der Staat investiere. Zu einem Ort wie Gorée brauche man eine passende Infrastruktur.

Meine Erlebnisse auf Gorée sollten vor allem zur Versöhnung führen. Ich hatte die Natur genossen, den Ort gesehen, wo viele Vorfahren Schmerz und unsägliches Leid erdulden mussten. Die strahlende Natur hatte der Insel trotz der schlimmen, dunklen Vergangenheit einen Glanz gegeben. Ein Ort, der wie Gorée Kultur und Naturschönheit verbindet, sollte einmal von jedem besucht werden, davon bin ich überzeugt. Viele Menschen, die die Insel besuchen, egal welcher Herkunft, werden gerührt sein, wenn sie sich mit dem Thema der Sklaverei auseinander setzen, auch wenn sie nicht unmittelbar davon betroffen sind und keine Vorfahren haben, die Sklaven waren. Die Lage im Meer macht die Insel auch sehr attraktiv. Leder bleiben Investoren weitgehend fern und investieren ihr Kapital lieber in den Städten.

Morry hörte nicht mehr auf zu erzählen, ich hätte dieses Thema wohl besser nicht angeschnitten. Ich unterbrach ihn auch nicht und erinnerte mich an den Rat meiner Großmutter, die einmal sagte: „Mein Enkelsohn, wenn du mit jemandem sprichst, lass ihn mal reden und hör ihm auch zu. Schau auf seine Lippen und lies auch in seinen Augen. So kannst du erkennen, wie ernst er die Sache meint."

Eine Anregung, über ein Thema zu sprechen, was die Zivilisation bewegte und die Menschen zum Denken anstößt, ist immer die Sache wert. Ich war bemüht, auch vieles zu hinterfragen, damit ich das alles, was ich aufnahm, auch wieder berichten konnte. Es konnte während des Zusammenseins mit Morry durchaus auch Phasen geben, wo Stille herrschte und keiner von uns redete. Ich war mit meinen Gedanken beschäftigt und musste auch einiges erst verarbeiten. Ich blickte zurück auf all die Wege und Stationen, die wir hinter uns gelassen hatten. Ich stellte mir jeden dieser Wege wie eine Kette vor, die an meinen Beinen hing. Gerade oben auf der Bergspitze war ein solcher Gedanke auch physisch zu spüren, denn meine Beine waren wie Blei durch das stetige bergan Laufen. Da ahnte ich die Ohnmacht der Menschen damals, auch wenn sie noch so robust waren, diese Unterdrückung hinnehmen zu müssen, da es keine Chance gab, einen Aufstand oder eine Revolte anzuzetteln. Ich war mit jedem Unterdrückten gefühlsmäßig verbunden. Eine Schande für die ganze Menschheit, die sich niemals mehr wiederholen darf! Durch die Entfernung ihrer Wurzeln wurden diese Menschen ihrer Identität beraubt, so wie ein Baum, der durch die Kraft eines Windes samt Wurzel aus dem Boden gerissen wird.

Wenn ich es mir recht überlegte, so machte Morrys Satz „Im Wind der Geschichte" doch irgendwo Sinn. Der Wind als ein abstraktes Element, das in alle Richtungen wehen kann.

Die Erfolge der Herren durch die Unterdrückung der Sklaven waren sicher unbestreitbar, aber zu welchem Preis? War das noch human? Nein! Es ist zwar schon lange vorbei. Die Zeit hat viele Wunden geheilt, so scheint es. Oder sind wir nun auf der Wolke der Harmonie gelandet, auf dem Wendepunkt durch neue Arbeitsmoral und neue Wertesysteme?

Fragen über Fragen, die das Erlebte auf Gorée in mir hervorriefen. Diese Fragen musste ich mir selbst stellen und auch irgendwie selbst beantworten, indem ich die aktuelle Realität beobachtete. Wozu? Warum? In welchem Ausmaß konnte diese Forderung nach Leistung die Perversion der Vernunft beeinflussen?

Ein zweites Boot hatte in Gorée angelegt. Die Besucherströme rissen nicht ab. Die Sonne schien jetzt noch stärker als am Vormittag, als ich mit Morry eingetroffen war. Ich schätze die Temperatur zur Vormittagszeit noch unter 30 Grad Celsius ein. Ich fand, dass Gorée noch lange nicht sein touristisches Potenzial ausgeschöpft hatte. Auch Morry hatte mir das bestätigt. Da war noch einiges zu tun für die Regierung.

Natürlich fände ich es nicht gut, wenn man auf die Verliese, wo damals die Sklaven eingepfercht gehalten wurden, Hotels baute. Damit wären die Spuren und das Mahnmal der Geschichte für immer beseitigt. Es gibt schon noch genug Fläche auf Gorée, wo man Hotels errichten könnte.

Was ich dort noch vermisse, ist eine Bibliothek. In meiner Jugend hatte ich viele Geschichtsbücher gelesen. Werke wie die von J.K. Zerbo gehörten dahin.

Schade, dass man diese Werke selbst in städtischen Bibliotheken kaum bekommen kann. Wenn ich von Gorée zurück nach Dakar käme, wollte ich unbedingt die dortige Universitätsbibliothek besuchen, um mein Wissen über Gorée noch weiter zu vertiefen.

Diese Konfrontation schillernder Autoren mit der Realität, die ich vor Ort erfahren hatte, und die außerordentliche Führung durch Morry wollte ich noch weiter verarbeiten.

Eigentlich hätte Gorée es in meinen Augen verdient, eine Fakultät für die schwarze Zivilisation zu beherbergen. Damit wäre der Andrang von Studenten noch weitaus größer.

In der Allee der Baobabbäume traf ich Händler, die Gemälde verkauften. Sie stellten meist den Hof dar, wo die Sklaven unter der Aufsicht der Sklaventreiber auf die Einweisung in die Kammern warteten. Der Ort, wo wir die Eintrittskarten kauften, war damals der Ort ohne Wiederkehr. Hier, wo sich der Terror der Sklavenhändler abspielte. Ich hatte diesen Ort besucht, mir ein Bild von der schrecklichen Vergangenheit gemacht und immer wieder mit meinen Emotionen kämpfen müssen. Die Frage nach dem Warum kam mir immer wieder in den Sinn. War es wirklich die Suche nach Arbeitskraft, die diese Sklaventreiber motivierte oder war es die Lust, auf überhebliche Art ihre

Macht zu demonstrieren? Haben die Sklavenhändler etwa ein Stück Sadismus ausgelebt, indem sie diese Menschen quälten?

In der Glasvitrine hatte ich neben den Ketten auch Gewehre gesehen. Somit war mir klar, dass in dieser Dialektik kein Verhältnis auf Augenhöhe stattgefunden haben konnte. Als Fazit schließe ich daraus, dass eben kein Dialog geführt wurde.

Wer anderen mit einschüchternden Mitteln begegnet war, hatte im Grunde die Oberhand über das Territorium und die Menschen, die sich dort aufhielten. Es gab kein Anzeichen freien Willens in der Sklaverei. Ist es wirklich aus heutiger Sicht so viel anders?

Die Zeiten haben sich geändert. Aber nach wie vor ist es so, dass derjenige, der die Waffengewalt besitzt, dadurch den anderen zum Einlenken zwingt. Jedoch finden noch Gespräche und Verhandlungen statt, da die Menschen dazu berufen sind, zu sprechen und Probleme nicht sofort mit militärischen Mitteln lösen wollen. Ich möchte mein Plädoyer abgeben und behaupten, Rede- und Pressefreiheit sowie die Freiheit des Einzelnen sind die Weichen und Grundbausteine für einen dauerhaften Frieden unter den Völkern und innerhalb der Völker.

Machtbesessene sollten überdenken, dass das Entsenden von Armeen keine Grundlage zur Verbesserung ihrer Forderungen darstellt. Forderungen, die jedes Volk an seine Regierenden stellen kann. Die Probleme finden früher oder später eine Lösung, wenn die Menschen nicht aufhören, das Gespräch und den beiderseitigen Dialog zu suchen. Dass eine neue Zeit herangebrochen ist, betrachten viele mit Optimismus. Das Rad der Geschichte dreht sich vorwärts, auch wenn es immer wieder Rückschläge und Kriege in verschiedenen Teilen unseres Erdballs gibt und geben wird.

Nachdem Morry und ich die Sehenswürdigkeiten auf der Bergspitze gesehen hatten, begegneten uns drei Künstler. Es waren Maler und Bildhauer. Sie erklärten uns ihre Kunst und zeigten uns ihre Arbeiten, die auch aus Sand gefertigt waren. Ich fand diese Kreativität in ihren Arbeiten und die verwendeten Materialien einfach genial. Einer von ihnen erzählte mir, dass er Absolvent der Kunsthochschule in Dakar sei. Eine der renommiertesten Kunsthochschulen Westafrikas. Ich dachte immer, dass aus Sand geformte Werke nicht beständig seien. Aber sie konnten es mit einer geheimen Technik irgendwie vor Zerstörung schützen.

Ein Gemälde, das die Ankunft der Sklaven darstellte, hatte es mir besonders angetan. Es passte zu den Geschichten, die Morry mir erzählt hatte. Nun konnte ich dazu noch eine Illustration mit nach Hause nehmen, die meine Erinnerung daran noch stärken sollte.

Ich betrachtete das Gemälde mehrmals. Morry bemerkte, wie sehr ich davon beeindruckt war. Er bat mich darum, es zu kaufen, wenn mein Herz so daran hinge. So fragte ich den Künstler, für wie viel er es mir anbieten wolle. Er wollte dafür umgerechnet 25 Euro, wir einigten uns dann auf 20 Euro, was ich als einen fairen Preis empfand.

Schade, dass die Zeit mir zu kurz erschien, um meine Erlebnisse auf Gorée zu vertiefen. Die netten Begegnungen mit den Einheimischen an diesem historischen Ort waren wirklich eine große Bereicherung für mich. Ich hätte durchaus noch ein paar Wochen dort verweilen können und die herrlichen Sonnenauf- und -untergänge genießen können.

Ich hätte mir dann die Zeit genommen, diese Menschen jeden Tag über ihre Lebenserfahrung auf der Insel zu befragen. Eines konnte ich schon feststellen: Die Gesichter dieser Menschen strahlten eine gewisse Ruhe aus. Auch in ihrer Art, auf meine Fragen einzugehen, spürte ich eine Gelassenheit und Offenheit. Ich wunderte mich über ihr Lächeln. Es gab mir das Gefühl, dass hier die Welt trotz unlösbarer Probleme irgendwie noch intakt war und man trotzdem nicht resigniert hatte. Viele hatten sich noch ein Stück Humor bewahrt. Vielleicht spielte auch das stets sonnige Wetter dabei eine Rolle, wer weiß? Auch von Zeit hat man dort einen anderen Begriff und hält sich nicht strikt daran. Ob man die Zeit in den künstlerischen Aktivitäten dieser Gorée-Leute festmachen kann, möchte ich insbesondere in den Raum stellen. In deren Kunst kam auch meiner Meinung nach ein Stück Ruhe zum Ausdruck. Dort scheint man wirklich noch daran festzuhalten, dass nur in der Ruhe die Kraft liegt.

Wenn man sich Ruhe gönnt, dann kann man sich sammeln und spüren, wie wieder eine Flamme in einem aufsteigt. Diesen Spruch meines Großvaters hatte ich mir gemerkt.

Ich konnte überhaupt nicht erkennen, dass diese Leute hier verängstigt wären. Sicherlich konnten sie über die Jahrhunderte hinweg dieses Trauma der Sklavenschinderei verarbeiten. Ich bin der Auffassung, dass unsere allgemeine Geschichte auch durch unseren Lebensstil und eine ruhigere Art geprägt ist. Meine Erinnerung an Gorée betrachte ich nicht nur unter historischen, sondern auch unter sozialen und ethnischen Gesichtspunkten. Die wirtschaftliche Plünderung von Humankapital leuchtete mir vollends ein. Gorée war Übergangspunkt und Sammellager für eine lange Reise ins Ungewisse gewesen. Ich vergleiche Gorée zum Teil mit einer Haftanstalt, die niemals in eine Oase für Touristen umgewandelt werden darf.

Ich verabschiedete mich von Morry und dankte ihm herzlich für seine Erläuterungen. Danach fuhr ich mit dem Boot zurück nach Dakar.

Zurück nach Dakar

Meine Fahrt nach Gorée brachte mich zu neuen Gedanken und diese verstärkten meine Absicht, die Geschichte Afrikas näher zu erkunden. Ich fuhr an die Universität Cheich Anta Diop in Dakar, benannt nach einem der besten Wissenschaftler Afrikas. Dort besuchte ich die Bibliothek. Die Lesestunden, die ich dort verbrachte, machten mich noch wissender als vorher. Sie öffneten meine Seele der afrikanischen Vergangenheit.

Dass die afrikanischen Völker eine Geschichte haben, die sich in einem kollektiven Gedächtnis und in der Tradition manifestiert, war noch lange von vielen nicht angenommen.

Ich holte mir viele Bücher aus den Reserven der Bibliothek, eine der ältesten in Schwarzafrika. Ich trat dort ein und fand so alte Reliquien und erstaunlich viele Bücher, die Historiker über Afrika geschrieben haben. Ich wollte unbedingt „Nations nègres et cultures", die Dissertation vom Denker Cheich Anta Diop, durchlesen, wenn nicht sogar einstudieren. Wie er einmal sagte, diese gehöre zur Pflichtlektüre für jeden afrikanischen Jugendlichen. Und dies bestätigte sich bei den anderen Lesern im Leseraum. Von 20 hatten 10 das gleiche Buch in der Hand wie eine Bibel, die jeder anfasste. Er hatte in seinen Thesen als Pionier Schwarzafrika wirklich eine Vergangenheit und eine Geschichte zugeschrieben im Gegensatz zu den Philosophen, die Afrika als einen Ort ohne Geschichte charakterisiert hatten, da es nach ihrer Einschätzung keine Vergangenheit besessen hätte. Sie unterstellten den afrikanischen Völkern, dass sie nur in der Gegenwart lebten – ohne jegliches historisches Bewusstsein.

Jeder sollte sich daran erinnern, wie die „dunklen Jahrhunderte" waren, die zu der glorreichen Vergangenheit Afrikas gezählt werden, behauptete der Denker. Daraus ließ sich schließen, dass die Vergangenheit Schwarzafrikas hauptsächlich nur in der Kolonialzeit gesehen wird.

Ich blätterte diese Arbeit durch und sie erweckte in mir Gefühle der Wiedergutmachung und noch mehr Werte der Versöhnung Afrikas mit seiner Geschichte, um an den kreativen Werten überirdischer Freiheit festzuhalten. Ein Werk, das Afrika deutlicher zumutet, sich moderneren Perspektiven zu öffnen und sich im Kampf gegen die Barbarei und im Triumph der Zivilisation vorzubereiten. Er schließt wieder das Pharaonische Ägypten ein. In diesem historischen Diskurs zeigt sich das Bestreben, die historische Forschung im Wandel der Gesellschaft und den Einfluss auf das Schicksal der Menschen und der Zivilisation chronologisch darzustellen. Er forderte im Grunde genommen ein Recht für die afrikanischen Völker: das Recht auf Leben, das Recht auf Achtung, das Recht auf Gleichheit, das Recht auf Freiheit im Hinblick auf die universellen Werte.

Darunter fällt auch das Bemühen, das Erbe der Vergangenheit zu akzeptieren.

Ägypten steht im Fokus der Zivilisation mit der Fähigkeit schriftlicher Darstellung und Überlieferung der Geschichte von Schwarzafrika.

In *Berichten und kulturellen Perspektiven von Afrika* (1956) begegnet uns der unvergessliche Satz von Cheich Anta Diop: „Wir wissen, woher wir kommen, und es stimmt, dass man nicht weiß, wohin man geht, sondern erst weiß, woher man kommt."

Sein Bemühen, das alte Ägypten auf die Ebene eines Betriebskonzepts einer kulturellen Perspektive Afrikas zu stellen, brachte ihm nicht nur Anerkennung. Nur eines ist deutlicher geworden: Das Pharaonische Ägypten stellte seit dem Nil-Tal den Ursprung der Geschichte der Kulturen Schwarzafrikas dar. Es besteht eine tiefe kulturelle Verwandtschaft Ägyptens mit dem Rest von Schwarzafrika, die es ermöglicht, in die Studien über die Geschichte einzutauchen.

Die Geschichte ist zugleich Erinnerung an die Vergangenheit, die traditionsgemäß in Schwarzafrika mündlich überliefert wurde. Die mündliche Tradition ist unser Gedächtnis. Die Geschichte ist da und bezieht sich genauso auf die Gemeinschaft wie ihre Existenz selbst.

Ihm ist es gelungen, die kulturelle Einheit Schwarzafrikas sowie die Verwandtschaft zwischen der ägyptischen Zivilisation und dem übrigen Schwarzafrika darzustellen. Und sein großes Anliegen war sein Bemühen darum, dass sich die Afrikaner mit ihrer Geschichte identifizieren und versöhnen.

Die Weltgeschichte muss sich auch wieder mit der besonderen Geschichte des afrikanischen Kontinents versöhnen. Diese afrikanische Tradition muss die Afrikaner voranstellen. Sie erklärt die kulturelle Einheit Schwarzafrikas und ist der Nachweis für die Existenz des präkolonialen Schwarzafrikas.

Tombouctou steht für eine Vergangenheit, die zur schwarzen Welt gehört, sozusagen das klassische Altertum der schwarzen Völker.

Die afrikanische Renaissance bedeutet zunächst die Entstehung Afrikas und seiner eigenen Geschichte: die Anerkennung obliegt diesem Nil-Tal als Wiege der Zivilisation in schriftlicher Form auf dem afrikanischen Kontinent.

Er verzweifelt nicht, sondern hat zum Ziel, dass Afrikaner diese Fülle geistigen Eigentums bekommen, die ihre Reife bewahrt.

Wie also sollten diese Löcher in der Geschichte Afrikas zur Wiederherstellung der Kontinuität gestopft werden?

Mit ihm konnte die lange Zeit in der Geschichte afrikanischer Völker und die vollständige Geschichte der Schwarzen in Afrika wie ein Puzzle zusammengesetzt werden, die alle ohne Ausnahme aus bodenständigen Völkern in Afrika bestehen.

Denn er beschreibt eine authentische Geschichte der Völker Schwarzafrikas von den Anfängen der Kulturen in Nubien und Ägypten zur Zeit der Pharaonen in seinem Werk *Schwarze Nationen und Kultur*, Paris, 1954.

Wenn die afrikanische Geschichte etwas Besonderes hat, so darf sie nur in dem gesamten Kontext mit der Geschichte der Menschheit gesehen werden. Das Werk von CAD führt schwarze Afrikaner wieder heran, ihre Universalität und die Fülle der Kulturen zu verstehen. Es trägt so maßgeblich zur Versöhnung des Menschen mit sich selbst und der ganzen Natur bei. Dieses ganze Werk stützt sich auf die Kultur und insbesondere die afrikanische Kultur der Vergangenheit.

Ich konnte zu einer Auffassung kommen, dass das Werk von CAD sehr um eine Verständlichkeit der Lage und um die Entwicklung der schwarzen afrikanischen Völker im Laufe der Zeit bemüht ist. Darin beschreibt er eine neue Ordnung für die verschiedenen Völker Afrikas mit ihrem Status, ihrem Geist, ihrer Kunst, ihrer Religion und ihrer Wissenschaft. Denn wenn Afrika die Wiege der Menschheit sein will, so muss man auch erwähnen, dass es Teil der ältesten Zivilisationen der Welt ist. Um auf der Basis des alten Afrika besser darauf einzugehen, genügt es, einen Blick auf das 13. Jahrhundert zu werfen, als die großen Reiche wie das Königreich von Mali existierten. Dieses Königreich war sehr mächtig unter der Herrschaft von König Kankan Mussa. Die berühmte Stadt Tombouctou mit ihrer Vielfalt im Handel (ein Geschäftszentrum in Afrika und auch Zentrum der afrikanischen Intelligenz) konnte eine Universität vorweisen, die bereits den Europäern unter dem Namen Ciutat de Melli bekannt war. Diese Stadt war in den europäischen Karten des 13. Jahrhunderts verzeichnet. Papst Leo X entsendete sogar Berater dorthin. Es war auch ein Anziehungspunkt für den Handel mit Gold.

König Kankan Moussa, der sein Königreich nur widerwillig verließ, versuchte, eine Reise nach Ägypten zu unternehmen und schleppte in seinen Kisten sehr viel Gold mit sich, das er an alle verteilte, denen er begegnete. Darum sank der Goldpreis auf dem Markt.

Nach diesem König gab es noch einen anderen, der genauso dynamisch war und unter dem Namen Soundjata Keita bekannt ist. Die kulturelle und intellektuelle Stadt Timbuktu wurde dadurch schnell zu einem Tempel des Wissens in Afrika. Nachdem es das Zentrum der Errungenschaften gewesen war, gehörte es schließlich dem Königreich Marokko an. Das war also das Ende der Expansion einer leuchtenden Stadt.

Dann kam die Zeit der Pharaonen mit einer einzigartigen Besonderheit, die wir alle immer noch bewundern – mit dem Bau der Pyramiden. Es war die Zeit der Geometrie, der präzisen Architektur und auch der materiellen Umsetzung von Kenntnissen in Afrika. Wir können also verstehen, dass Afrika und seine Kultur nicht erst durch die Kolonisation entstanden sind. Die mächtigen Herrscher der vierten Dynastie erbauten die Pyramiden von Giseh. Die Motive und Fertigkeiten, die zum Bau der Pyramiden führten, waren religiöse Vorstellungen, politischer Machtwille, mathematisches Können und Mobilisierung der Arbeitskräfte. All dies hatte seinen Ursprung bereits in vordynastischer Zeit.

Afrika existierte bereits und hatte eine Kultur, die schon den europäischen Denkern bekannt war.

Aber dann gibt es ein Bruch zwischen der Kolonialzeit und dieser ruhmreichen afrikanischen Vergangenheit.

Es folgte das Verschwinden von Schriften und auch von Kunstgegenständen.

Die Völker Äthiopiens hatten bereits die christliche Religion und man findet dort auch und in Simbabwe Tempel mit Gelehrten. So ist noch das Vorübergehen von einer alten Kultur eines Volkes überliefert, das bereits auf bestimmte Weise mit Denken und Glaube existierte. Diese Denkweise und Art der Organisation, deren Grundlage die Familie ist, hat Afrika aufbauen können. Afrika ist nicht nur die Folklore, sondern auch der Ausdruck seiner Identität. Eine Identität, die mehr oder weniger vergessen war, die aber noch im Ritual unserer Dörfer geblieben ist. Alle diese Riten, die uns umgeben, bilden also wirklich unsere Kultur, von der man nichts wüsste, wenn man sie nicht mehr pflegen würde.

Wir haben die Modernität kennen gelernt, wir haben dennoch unsere Wurzeln nicht vergessen. Wir vergessen keine bestimmten Tugenden, in denen wir verwurzelt sind, wie der Totenkult, die Achtung vor dem Alter und auch der Respekt vor der Erde wie der Gabe für die Fruchtbarkeit. Wir respektieren die Traditionen.

Denn ein Volk ohne Kultur ist ein Volk ohne Zukunft. Die Kultur macht eben die Seele eines Volkes aus und das gibt ihm einen Sinn für seine Entwicklung.

Weißer Vogel

Vogel Reisender
Vogel Träger
flankiert voller
Menschen, die zu dir aufsehn
in makellosem Ansehn.

Flugzeug ist dein Name wirklich.

So hoch die Atmosphäre durchdringend
Ohne Skrupel vor den Göttern,

dein Dienst ist riesengroß
alle Kontinente einbindend,

du rückst uns an die Unseren heran,
wenn man dich entdeckt.

Man sieht dich Wolken durchbohren

um die Kreuzfahrt zu bewältigen.

Weit weg von einer weißen Landschaft,
riesig und riesengroß,

unvergleichlich mit Demjenigen auf der Erde weilend.

Weder Hügel, noch Grün,
man glaubte
in einem Ozean ohne Ufer zu sein,
in grenzenloser Freiheit.

Aber irdischen Boden zurückgewinnend,
ist unsere Bewunderung für dich so groß
und unsere Sinne erwachen.

Vogel, du Wohltäter,
welch Vergnügen es ist, dich zu nehmen.

Durch das Schreiben möchte ich in der Regel meine Gedanken im Hintergrund leichter entfalten und mit denen, die das Selbstvertrauen aufbauen, einen kulturellen Dialog öffnen. Ich male in meinen Texten das Leiden, aber auch die Hoffnung. Ich lenke die Aufmerksamkeit auf die Realität und die Risiken für diejenigen, die sich ihr Schicksal nicht immer vor Augen führen. Ich denke an die Jugendlichen, die den Weg zum Meer nehmen – ohne Anmaßung der Tragödie, die daraus hervorgehen kann. Ich möchte zwar nicht das Elend als Hintergrund ignorieren, das dazu führen kann, dass Menschen Undenkbares versuchen. Meine Ausdrucksweise soll stark durch Humor geprägt sein und ich will damit die Humanisierung jeder freien Entscheidung erreichen sowie an das Bewusstsein appellieren, damit jeder in Würde betrachtet wird.

Wie das Wasser als Quelle des Lebens anzusehen ist, so sollte die Hoffnung bei der Suche nach der Quelle meiner Identität auch mein Ich symbolisieren. Mit Gorée komme ich der Vergangenheit meiner Vorfahren ein Stück näher und zeichne deren Weg nach Amerika zwar von meiner Sicht aus als Zwangsreise, aber die Einwanderung geschieht heute auch genau so. Ohne beide vergleichen zu wollen, überlasse ich der Leserschaft diese Gedanken, damit jeder selbst urteilt. Ich plädiere für die persönliche Freiheit ohne jegliche Entbehrungen, aber trotzdem sollte der Sieg der Vernunft im Vordergrund bleiben.

Dass der afrikanischen Kontinent zum Teil seinen heutigen Rückstand dieser Zeit geschuldet ist, lässt meine Gedanken rückblickend in bestimmte Schlüsse in Wehmut verweilen, aber meine Wahrnehmung der Gegenwart deutet auch auf eine Missachtung, die manche Kräfte auf die

Anderen zurückzuführen haben. Es muss sich ändern: Auch wenn jeder in Freiheit lebt, er ist durch die Misere angekettet, die manche erdrückt und Auslöser für eine trübe Wende sein kann – trotz aller Anstrengungen.

Afrika

Afrika meiner Vorfahren,
Afrika meiner Kindheit.
Oh! Du Afrika!
Wo ich das Licht der Welt
erblickte,
Wo ich meine ersten Schritte
getan habe,
höre meine Stimme.
Wer bin ich ohne Dich?
Was wirst Du ohne Mich?
Oh Afrika!
Meine Quelle.
Ein Rückblick auf meine
Kindheit.
Ein Rückblick auf die
Landschaft mit ihren
Felsen, auf denen ich immer
gestanden habe.
Die Vögelgesänge, die
mich erwachen ließen,
erinnern an meine Wurzeln.
Ich weine manchmal,
wenn ich Dich von Ferne sehe,
aber ich lache,
wenn ich bei Dir bin,
in Deinen tausenden Flüssen
bade,
auf Deine Bäume klettere.
Auf der Suche nach Deinen Kräften

lasse ich mich nicht von Deinem Duft

aufhalten.

Seien es Mangos, Ananas oder Palmen,

ich bewundere Dich.

Oh Afrika!

Ein Tag wird kommen,

wo Du nicht mehr niederkniest

und wie die anderen auf diesem Erdball

laufen wirst.

Ein Tag wird kommen,

wo Du auch diesen Erdball

rollen wirst.

Gib mir Mut

statt Wut,

gib mir Kraft

und Weisheit,

Hände weg von der Waffe.

Genieße den Ruhm des Kaffees.

Lass Dich nicht verkaufen

und erwach aus dem Schlaf.

Weg von dem Schatten,

auf in das Licht des Großen.

Oh Afrika,

ich halte dich fest.

Blütezeit

In der Nacht zum 4. November glaubte ich nicht, dass sich die Welt schnell ändern würde und die Menschheit einen Traum ersehen würde. Was ich sah, spürte und hörte, war die Stimmung um den ersten schwarzen Präsidenten in Amerika.

Wie ein Wunder erstrahlte die Welt, als in dieser Nacht alle auf den Mann blickten, der nun auf dem Parkett der Welt stehen würde. Die Sterne leuchteten nicht am Himmel, aber die Stimmung in Kurts Kneipe war trotzdem gut und ausgelassen. Spät in der Nacht kochte die Tanzfläche, als das Lied von Freddy gespielt wurde. Die 12 Quadratmeter große Fläche hatte sich gefüllt und die Rhythmen wechselten. Als ein Reggae gespielt wurde, eroberte Max das ganze Lokal. Er schrie noch lauter und wiederholte den Satz: „World in Freedom, World in Rescue. Dear Mr. President Obama, we wish you all the best. You will pack it ahead".

Zwar war zu dieser Zeit noch kein endgültiges Wahlergebnis bekannt, aber alles deutete darauf hin, dass ein Schwarzer es wirklich an die Spitze der Vereinigten Staaten schaffen würde und somit zum mächtigsten Mann der Welt aufsteigen würde. Die Menschen gaben Wetten ab, man war entweder für die Demokraten oder für die Republikaner. Max kannte die ganze Biografie seines favorisierten Kandidaten auswendig und konnte über jedes Detail Auskunft geben. Man konnte ihn fast für einen Verwandten halten. Max stammt aus Luo in Kenia. Er konnte vielleicht mit dem neuen Präsidenten verwandt sein. Nur wer hätte es ihm jetzt geglaubt? Er rief in Mombasa an. Die Erlösung von der unglaublichen Spannung war groß. Alle klebten dort an ihren Fernsehgeräten und hielten förmlich den Atem an.

Es war nicht nur ein Wahlsieg für viele Amerikaner, sondern zugleich auch einer für ganz Kenia. Die Leute schrieen: „We are President!"

Die Menschen hier erhoffen sich von diesem Sieg auch, dass es eine Blütezeit für sie geben würde. Dass der Cousin ein solches Amt bekommen werde, bezweifelten viele noch zuvor. Je näher der Wahltermin rückte, desto größer wurde die Sympathie für diesen Mann, den man noch ein Jahr zuvor kaum kannte – selbst in den USA.

Sogar in Kamerun feierte man den Cousin, da ein Stamm den gleichen Namen hatte wie die Mutter in Deutschland. Die Euphorie hielt sich lange Zeit. In den Dörfern brachte die Sensationsnachricht eine noch größere Wunschliste hervor.

Perzam war jemand, der auf dem Land lebte und Landwirtschaft betrieb. Er sprach Swahili, da er als junger Mensch nach Nairobi kam, und erzählte, wie sein Leben sich von nun an ändern würde. Er sei immer noch der Bauer, den alle kennen, aber von nun an sei Schluss, wenn sein Name Obama bekannt werde. Dann lachte er und sah die erstaunten Gesichter seiner Zuhörer, die ihn wohl richtig ernst nahmen. Manche dachten, er sei Kenianer, weil er Swahili sprach.

Viele Gesellschaftsschichten hatten so etwas noch nicht bekommen.

Das Schweigen des mächtigsten Präsidenten wurde gebrochen und er sprach:

„Ich verstehe Ihre Nöte und Ängste, aber ich kann spüren, dass unsere Pläne Früchte tragen werden, nur müssen wir Geduld aufbringen, denn die Lage wird sich erst noch verschlechtern, ehe sie besser wird. Schauen Sie auch die Lage in den Nachbarländern an. Jammern Sie, das ist Ihr gutes Recht. Meine Regierung ist von nun an bemüht, Lösungen für ihre größten Probleme zu finden. Dass viele kaum Mittel beziehen, ist auch eine Folge der Weltwirtschaftskrise. Ich werde unser Land demnächst vor der UNO vertreten und mit den anderen Staatsmännern diskutieren. Ich werde ihnen ein Rettungsprogramm vorstellen. Natürlich hoffen wir auch, dass man unserem Land weiterhin solidarisch zur Seite steht. Sie haben alle die Geldabwertung und die Anpassungsprogramme überstanden. Dafür haben Sie alle meinen moralischen Dank.

Bald sehen wir alle das Licht am Ende des Tunnels. Wer lebt, wird's erleben. Es lebe das Volk."

Der Präsident hatte seine Rede zur Lage der Nation gehalten. Diese Rede wurde dann in allen Medien mit entsprechenden Kommentaren wiedergegeben.

Badi war ein Journalist, der seine Verbundenheit zur Regierung nicht verleugnete. Er hatte die Fähigkeit, jeden Satz, jede Äußerung treffend zu analysieren und zu kommentieren. Solche Propagandaakteure konnten schnell eine Karriere machen. In der kontrollierten Medienlandschaft hatte der Informationsminister Tabam richtig Mühe, diejenigen zu überzeugen, die für den wahrheitsgemäßen Berufsjournalismus standen. Diesen Journalismus fürchteten die Machthaber, da er das Volk aufklärte und damit wachrütteln konnte.

Dieser wahrheitsgetreue Journalist Kalhid hatte sich demonstrativ geweigert, seine Artikel abzuändern, wenn der Chefredakteur es von ihm verlangte, da er sich selbst für den Inhalt verantwortlich sah. Der Chefredakteur war anderer Auffassung und drohte mit einer Suspendierung, wenn er sich weiterhin weigere.

Die Nilkulturen

Ägypten galt als Zentrum der Neuordnung des politischen Lebens sowie der Macht auf dem gesamten Kontinent. Es gab viele Symbole, die die ägyptische Kultur prägten. Die geistige Macht oder „Gottgleichheit" der Pharaonen etablierte sich dort. In vielen Teilen Westafrikas hielt man den Widder für ein Symbol des Göttlichen, wie es die Ägypter auch taten. Viele Riten aus Ägypten fand man im Mutterkontinent wieder. So kam man zu der Ansicht, dass Ägypten nicht nur ein geografischer, sondern auch ein integrierter kultureller Bestandteil seines Mutterkontinents ist.

Afrikanische Königreiche

Afrika ist sehr komplex und vielschichtig. Um es zu verstehen, muss man verstehen lernen, wie die historischen Königreiche Afrikas entstanden und wuchsen. Während vieler Jahrhunderte erschienen Afrika und seine Einheimischen der übrigen Welt geheimnisvoll und fremdartig. Die Erforschung der dunklen Vergangenheit Afrikas hat viele Erkenntnisse gebracht. Die Stadt Timbuktu war damals eine Stadt der Literatur. Man konnte zuweilen bessere Geschäfte mit Büchern machen. Afrika wurde schon viele Jahrhunderte früher gegründet und fußt auf einer langen Geschichte. Afrikanische Kultur wurde jedoch auch unterdrückt. Weit entfernt von hilfloser Unkenntnis hatten die Afrikaner, noch ehe die ersten Europäer auf dem afrikanischen Kontinent erschienen, es verstanden, ihren Kontinent in den Griff zu bekommen. Afrikas Entwicklung wurde mit geistigen Kräften bewältigt, die es ermöglichten, festgelegte Ordnungen zu schaffen.

Das Königreich Mali, zu dem auch Timbuktu gehörte, war im 14. Jahrhundert der wohlhabendste und mächtigste Staat im westlichen Sudan.

Wer die Jugend anspricht, bedenkt sie auch!

Wir sind bereit, alle Erwartungen zu übertreffen, um die Freude und Begeisterung der Jugendlichen und aller Anderen für den Fußball zu teilen und unsere prachtvollen Farben in Afrika zu ehren.

Die Jugend sei „die Speerspitze der Nation", wie das Staatsoberhaupt in seiner Ansprache an die jungen Menschen appelliert, um sie zu würdigen.

Ein Volk ist nichts ohne seine Jugend. Diese Jugend trägt die Lasten der Gegenwart und die Schulden der Zukunft. Die Jugend trägt auch zur Umgestaltung der Gesellschaft bei. Jugend ist die Dynamik-Fackel der Zukunft und gibt Grund zu der Annahme einer Blütezeit in der Zukunft. Eine Jugend, für die keine Zukunft in Betracht kommt, sondern mit ihren Enttäuschungen leben muss, hat keine Perspektive, kann aber auch zuweilen mit den Leistungen durch den Staat zuversichtlich gefördert werden. Viele wollen nicht mehr träumen, sondern Taten sehen – mit Innovationen auf allen Ebenen. Wie sind also die Jugendlichen, die noch immer in die Zukunft blicken? Wie sind die anderen Jugendlichen, die nicht mehr an die Zukunft unserer Erde glauben?

Die Jugend sollte vor allem die Möglichkeit haben, sich reflektiert über ihre Zukunft zu artikulieren. Ist es das Alter, das uns von den Jugendlichen unterscheidet? Ist es der Mangel an Verantwortung, der den Jugendlichen bleibt?

Wir sind stolz darauf, jugendlich zu sein, werden manche sagen, noch in der Blüte des Lebens stehend und voller Ekstase. Aber der Klang der Glocke stellt uns schon auf die Herausforderung des Lebens ein. Dass die Alten uns junge Leute endlich unsere Intelligenz in den Dienst des Volkes stellen lassen. Die Alten, die oft nicht dazu bereit sind, in den Ruhestand zu gehen. Aber es gibt auch welche, die für die Jugendlichen Platz machen. Diejenigen nämlich, die stolz auf ihre Renten sind und ihnen die Chance geben.

Jugendliche in Kamerun und anderswo, lassen sie uns also alle von der Entwicklung in Kamerun träumen? Wir wenden uns an alle Töchter und Söhne mit tiefen Gedanken und wissen wohl, dass alles auch zerstört werden kann, was dem Geist und der starken Dynamik der Jugend entspringt. Vertrauen sollten wir ihnen dennoch, den Jungen. Das ist unsere Motivation, aber auch ein wenig ihre Motivation, ob wir alt oder jung sind. Junge Menschen sind meist die, die die Welt verändern.

Als junge Menschen diskutieren wir viel, versuchen, das Schicksal zu ändern. Sie machen uns Hoffnung, dass es unter den Jugendlichen welche gibt, die die Dinge bewegen und ihren gesunden Menschenverstand dazu einsetzen.

Also haben wir all ihre Vorschläge zu all diesen Themen gesammelt, damit unsere Diskussion weiter gefasst wird. Jedoch kommt das Vorurteil manchmal durch diejenigen wieder zum Vorschein, die da behaupten, dass er oder sie noch nicht reif für die Welt sei.

Hier sind so viele Junge wie Alte, die sich für die Lions begeistern, die um den fußballerischen Sieg in Afrika kämpfen. Wir alle brauchen Idole und Ideale, die uns motivieren.

Lasst uns doch auf Diskussionen mit Jugendlichen ein über Alkohol, die Kunst, den Straßenverkehr, die Bildung, die Kriminalität, die Unzivilisiertheit, Familie, Toleranz, Natur, Politik, soziale Sicherheit, die Kranken, die Landwirtschaft, die Tugenden etc.

Wenn jemand Lust hat, etwas zu sagen, soll er also nicht zögern.

Alle unserer Erwartungen an dich scheinen nun zu erfüllen. Wohl seien auch die Freude und das große Erlebnis, die uns Dein Fußballkönnen beschert. Damit gönnt sich ein ganzes Land das Fußballfieber und bedankt sich für dich, jung und fußballstark.

Mit dem Fußball erheben wir uns und sprechen im Chor die Aola des Sieges und alle die Farben der „Heimat" gezeigt. Dass Du uns mit diesem Talent in Träume auch versetzt, merken wir erst immer später, wenn der Ball ins Aus geht statt im Tor zu landen. O je, mit Dir sprechen wir und lassen unseren kurzen Blick auf die wahren Probleme des Landes nüchternd besinnen.

Auf einmal bringt die Kugel eine Harmonie zu uns und wir vergessen noch, dass wir Hunger haben.

So mögen wir Dich, Junge!

Wenn DU dich ausdrücken kannst, lass Dich nicht von mir einschüchtern. Deine Nähe ist gut, um die Größeren auch in Vernunft zu bringen.

Hommage an Césaire

Hommage an den Vater des Schwarzseins

Ein Weiser stirbt nicht, er verlässt diese Welt

zum Ausruhen, bleibt aber im Geist

und führt die Gedanken in seinem Werk weiter.

Wie eine viel höhere Wand mit einem

Rahmen oben zeichnet er das lebendige Abbild seiner

Zeit und bringt uns dazu, über die Zukunft zu denken.

Césaire hat sozusagen die Segel weit oben gestellt und

in die große Bucht, wo er wohnte, Licht gebracht.

Dass er seine Stimme als einzige Waffe benutzt hat

und sich vom Mantel, in dem er länger verschlungen und gedemütigt war, befreit hat, ließ ihn von

einem unterdrückten Wesen zu einem Mensch werden.

Er wählte sich eine neue Kleidung in der Karibik, die

keinen großen Aufwand beim Anziehen bedeutete, aber dennoch den Wind leicht zirkulieren ließ.

Durch seinen Kampf für die Wahrheit

gelang es ihm, die Herzen zu besänftigen.

Er brach den Fels der Intoleranz und

wurde mit Stolz in den Rang eines Herren

erhoben.

Unvergleichlich ging er mit seiner Sprache

um, seine Kunst wurde zum Trieb, um

den Zweig über die Unvernunft abzusägen

und dem Meister die Art,

wie er ihn von oben herab betrachtet,

endlich ins Bewusstsein

zu rücken.

Mit einem solchen Charme

brachte er den Meister dazu,

das Unrecht zu erkennen und zu verstehen,

damit derjenige, der

als Schüler galt, Gehör fand.

Er betrachtete nicht nur die Eichen

und Koniferen, sondern auch die anderen Pflanzen im Wald

nicht weit von ihm, denn er war ganz nah.

Dieser tropische Regenwald gehört zu den Arten,

die keinen Schutz vor Bulldozern genießen, von Lianen aber voll sind.

Die Bescheidenheit, die ihm eigen war,

behielt er bis zum Schluss.

Er betrachtete nicht nur die Eichen

sondern auch die Überarbeitung des tropischen Waldes,

weil er ganz nah bei ihn war.

Daher wollte er alles, was Hindernis

für diesen tropischen Regenwald gewesen ist,

beseitigen und sich gegen die Bulldozer wehren.

Der Gesang der Nachtigall, der ihn verführte,

öffnete die Herzen von allen, die nicht singen.

Der Weise geht in andere Himmelsrichtungen über,

hinterlässt aber eine Fülle von Wörtern für die

Generationen, die sie weiter brauchen werden.

Solch ein Milliardär der Worte, der alles auf seinem

Weg abriss, ist nur durch die Kraft seiner Wörter

dann in die Ewigkeit eingegangen.

Wir sind dir so dankbar,

o weiser Césaire,

und in aller Bescheidenheit möge in der

Lücke, die Du hinterlässt,

ein Andenken Deines Werkes

als Licht unseres Kampfes für die

Freiheit angezündet werden.

Lieber Patriarch Césaire,

das waren zu viel der Worte,

voll von Schmerzen,

die uns auf Wiedersehn sagten.

Na also: ein Teil hinterließ er uns als

Kapital.

Wir sagen
DANKE.

Muanda A, A Muanda!

Die Größe von Afrika

ist die Tradition und die Einhaltung

der ältesten Traditionen.

Das Alter hat alle Achtung.

Und ja, du bist so eindeutig,

Majestät!

Du bist so gut von Natur aus

und versöhnlich.

Du bist dieses Beispiel für Afrikaner,

dieser kluge Mann Afrikas,

die Silhouette lächelnd,

in den Augen der Hoffnung gebadet.

Patriarch, Du wirkst für uns wie ein lebendiger Pantheon,

den wir schwarze Jugendliche

zum Ideal erheben.

Nichts beschreibt

diese Phantasie.

Sie hat daher bis heute

gezeigt,

dass sie nichts erschüttern kann.

Mit Deiner Standhaftigkeit für diesen Kontinent

hast du die Hoffnung genährt,

und du wurdest immer wieder bewundert.

Deine Stärke, Dein Geist

zieren alle deine Werke.

Afrika ist für dich

Majestät, Präsident,

Du bist einfach

Mensch, einzigartig

in Deiner Art,

eine Besonderheit,

ohne Selbstgefälligkeit,

tolerant und Schlichter.

Du genießt das Ansehen eines ganzen Kontinents,

und Bewunderung der Welt.

O Mandela

neunzigjährig bist Du

jetzt

und scheinst frei von geistiger Ermüdung zu sein.

Wie ein Stern, der seinen Glanz auf die Dächer wirft

bist du für uns junge Afrikaner.

O Mandela,

unsere Liebe zu dir ist so groß.

Muanda A, A Muanda

ganz Afrika

singt heute für dich:

Mandela,

Patriarch, du warst

27 Jahre

im Strafvollzug

ohne Ekel,

sondern mit Eifer und Aufmerksamkeit

Walk over the century

Mr. Mandela

We thank

You for all.

Das Volk hat gesprochen. Wann werden wir als Teilhabende an der Entscheidung laut und stark unsere Anliegen fordern?

Mit anderen Worten sollen die Leute, die ihr Recht fordern, zumindest von demjenigen an der Macht verlangen dürfen, dass er gute und richtige Entscheidungen fällt. Ist dies ein Paradoxon?

Wir wollen Demokratie, wir wollen Frieden, wir wollen, dass diejenigen, die eine andere Stimme haben, frei werden.

Es lebe ein Volk, das spricht!

Die Leute schauen dich an und möchten, dass du über ihr Schicksal sprichst,

das Volk will, dass du nicht auf deinen

Dreiecksgeschäften beharrst, sondern geradeaus schaust.

Dein Überleben ist vergänglich.

Ich möchte, dass du diese Seele der Weisheit bist

und dass du keinen Anlass schaffst, der

alle Gesichter vor Zweifel in Falten legt.

Du sollst dieses Volk, das dich gewählt hat,

mit der guten Sache voranbringen.

Ohne Träume gibt es kein Leben, aber

du kannst auch mit Glück

ein Wunder durch deinen Willen vollbringen.

Musst du dich nicht schämen, mich in einem anderen

Himmel zu sehen?

Musst du dich nicht schämen, mich so an der Küste vegetieren zu sehen, um mich zu distanzieren

vom fernen Ufer?

Mit dir werde dann das Korn

wieder zu Brot für alle, die uns umgeben.

Kannst du mich dulden unter deinem Dach?

Wenn du mich dir sagen lässt, was ich von dir erwarte,

erlaube mir, wie der fliegende Vogel zu sein.

Afrika, mit dir zusammen will ich diese Perle im Reich der Sonne sein.

Ich bin das unverhohlene Dreieck, der Grundstein, die Referenz: Afrika in Miniatur, das einst als

der Stern des Südens gefeiert wurde.

Wer bin ich? Wofür bin ich hier?

Mit meinen weiblichen Kurven bin ich die ideale Verführung, üppig und fruchtbar. Deshalb richte

ich meinen Blick auf das Meer für die Zukunft.

Dass ich wieder die Würde und das Ansehen erlange.

Der Wagen der Götter fährt. Wer reinigt und pflegt ihn? Ich bin das Raumschiff meiner Phantasie.

Der Entdecker und Eroberer Combi Sonda, der lange Zeit den Idealismus Kameruns verkörperte,

ist heute nur noch ein Zombie.

Die Harmonie mit der Natur wurde gebrochen. Die Hölle trat an die Stelle des Paradieses!

Ein Mythos, der vom Einklang im Leben mit der Natur berichtete, denn unser Planet liegt in den letzten Zügen: Pflanzen wir unsere Radieschen wieder an!

Die Tradition des Stammes

„Wer einer Elefantenspur folgt, braucht den Ton nicht vom Gras zu streifen." Dies besagt schon ein altes Aschanti-Sprichwort. Die Überreste der Bauwerke des alten Ägyptens kann man gut als Beweis für eine ehemals entstandene große Kultur anführen. Aber was war in Zentralafrika?

Hier gibt es keine Monumente, die von vergangener Macht zeugen und keine Völker, die man mit einer großen Vergangenheit in Verbindung bringen könnte.

Man fand nur eine kleine Anzahl von steinernen Ruinen im Hochland von Rhodesien. Das beweist ebenfalls, dass es dort eine unbekannte, vergangene Zivilisation gegeben hat.

Afrika hat durchaus der landläufigen Meinung nach eine lange und reiche Sozialentwicklung durchgemacht, die sich hier spezifisch mit dem harmonischen Ablauf des Zusammenlebens befasst hat – anstatt mit dem materiellen Fortschritt. Die Afrikaner hatten erfahren, dass es notwendig ist, die soziale Harmonie und das Wohlergehen der Gesamtheit über alle anderen Bedürfnisse zu stellen.

Mit dem Wachstum ihrer Siedlungen und der Zunahme komplexer Lebensformen schufen sie eine Vielfalt von Ordnungsprinzipien, die das Zusammenleben regelten.

Die Geschichte Afrikas wird von zwei Hauptthemen beherrscht: von der permanenten Wanderung der Völker über weite Entfernungen, aber auch im seltsamen Gegensatz hierzu von der Abgeschiedenheit und Genügsamkeit der einzelnen Stämme.

Die Afrikaner müssen jegliche Unsicherheitsgefühle

überwinden können. Afrika braucht eine neue Blüte, ohne sie kommt es keinen weiteren Schritt in der Entwicklung voran.

Scheinwerfer für Afrika

Die Geschichte und die Gegenwart erfordern eine Sonderbetrachtung der Betriebe dieses großen Kontinents. Viele Staatsleute der G8-Industrieländer kamen schon durch ihre Staatsbesuche in Kontakt mit dem schwarzen Kontinent, der auch die Wiege der Menschheit ist. Es waren ergreifende Reden darunter, die den Respekt und die Ehrerbietung für Afrika zum Ausdruck brachten. Sie redeten in verschiedenen Jahrzehnten und auf verschiedene Weise. Manche drückten auch Apathie aus, andere hingegen Aufmunterung. Man konnte auch beobachten, dass ihre Wortwahl zuweilen wie ein Warnsignal klang. Die Konturen ihrer Reden und deren Deutung gaben die historische Dimension ihrer Gedanken wieder und schürten die Erwartungen. Was will er oder sie uns sagen?, erhob sich da schon die Frage unter den Millionen von Zuhörern an den Radiogeräten. Radios galten in Afrika viel länger als in anderen Erdteilen wie zum Beispiel USA und Europa als das Medium schlechthin, da das Fernsehen sich erst Jahrzehnte später in vielen afrikanischen Staaten etablieren konnte.

So gerieten solche Staatsreden ausländischer Staatsleute sehr oft in den Bann der Zuhörer und ernteten dementsprechend hohe Aufmerksamkeit. Dies ging einher mit dem Einfluss des Redners und seiner Vorstellung über die Macht, die er besaß.

Dass so manche Rede unvergesslich blieb, lange Zeit Assoziationen weckte und sogar historischen Charakter annehmen konnte, ist unbestritten.

Ich befasste mich mit diesen Reden, nicht um meine Rhetorik zu schulen, sondern eher, um die Botschaften aus vergangenen Zeiten wieder an die Oberfläche zu holen und deren Auswirkung in meiner Wahrnehmung der heutigen Zeit zu betrachten. Das war mein großes Anliegen. Ich kam zu dem Schluss, dass einige dieser Reden trotz der zum Teil vielen dazwischen liegenden Jahren doch noch aktuell waren und nicht an Gültigkeit verloren hatten.

Mein Großvater sagte mir immer wieder: Die Menschen werden vergehen, aber die Worte bleiben erhalten.

Ich gab ihm Recht. Schon als 12-jähriger dachte ich schon viel über so manches nach, da ich einige meiner Gedanken zu Papier brachte. So konnte ich dann Jahre später beobachten, ob sich im Laufe der Zeit eine Veränderung ergeben hatte oder nicht.

Ohne solche Eindrücke gab es für mich keine Einschätzung der jeweiligen Zeit.

Die Technik ermöglicht die unverfälschte Aufbewahrung der gehaltenen Reden, so können sie heute nicht nur über Rundfunk, sondern auch über das Internet wieder angehört werden. Sie konnten aber auch abgedruckt werden. So hörte ich mir die vollständige Rede an und las danach im Anschluss, ob ich alles richtig aufgefasst hatte. Dann überlegte ich im nächsten Schritt, welchen Rückschluss ich für mich in Gedanken behalten wollte.

Bei allem Respekt, den ich diesen einflussreichen Persönlichkeiten entgegenbringe, versuchte ich mich in ihre Gedanken hineinzuversetzen und lernte wieder neu, was ich von meinem Umfeld her schon wusste. So konnte ich durch ihre Ausdrucksfähigkeit mein Innerstes inspirieren und den Wahrheitsgehalt an meinem eigenen Schicksal festmachen, meine Identität zu hinterfragen. Vielleicht konnte ich sogar meine Irritationen im Alltag verstehen lernen und deren Ursachen erfahren.

Über den Autor

André Ekama stammt aus Kamerun. Er studierte Mathematik und Betriebswirtschaft. Seine Leidenschaft für Literatur hat er vor Paar Jahren entdeckt. Heute ist er Schriftsteller und hat bereits dutzende Bücher verfasst.

Bücher des Autors

Schwarzer sein im weißen Himmel

Im Spinnennetz der Privilegien

Im Wandel der Blicke

Die Schätze von Obramkuza

Sheti-Das verwirrte Herz

Kameruner in Deutschland-Eine lange Geschichte

Beyond the Diversity

Der einsame Kandidat

Herstellung und Verlag:
BoD - Books on Demand, Norderstedt
ISBN 978-3-7347-4515-7